Thomas Gwynn Jones (1871-1949) yw un o brif ffigyrau llenyddol a deallusol y byd Cymraeg. Enillodd y Gadair yn 1902 gyda'i awdl Ymadawiad Arthur, ond ar y pryd roedd yn fwy enwog fel nofelydd a newyddiadurwr. Ysgrifennodd ar gyfer nifer o bapurau newydd yn y Gymraeg a'r Saesneg, lle cyhoeddwyd ei nofelau fesul bennod, *Enaid Lewis Meredydd* yn eu plith, a ymddangosodd yn *Papur Pawb* yn 1905. Hwyrach mai hon yw'r nofel ffuglen wyddonol Gymraeg gyntaf un.

Y fersiwn hwn yw'r tro gyntaf i'r nofel ymddangos ar ffurf cyfrol ers i'r nofel ymddangos fel cyfres yn 1905. Mae'r orgraff a'r sillafu wedi'u diweddaru rhywfaint.

Gyda diolch i Lyfrgell Genedlaethol Cymru.

Dyluniad y clawr:
Adam Pearce
Gan ddefnyddio cyfansawdd o luniau
parth cyhoeddus gan:
1. Jean Marc Côté (1899)
2. Luis Senarens (1903)
3. William Wigstead (1799)
©Melin Bapur, 2024

ISBN:
978-1-917237-02-4

T. Gwynn Jones

Enaid Lewys Meredydd
Stori am y Flwyddyn 2002

Llyfrgell Gymraeg Melin Bapur
Golygydd Cyffredinol: Adam Pearce

T. Gwynn Jones yn 1903 neu 1904, ar ganol cyfnod
ysgrifennu ei nofelau a'i straeon byrion.

Defnyddiwyd y llun gyda chaniatâd
Gwasanaeth Archifau Gwynedd.

Cynnwys

Rhagair

Mae'n bur debyg mai *Enaid Lewys Meredydd* yw'r nofel gynharaf yn yr iaith Gymraeg y gellid yn rhesymol ddigon ddweud ei bod hi'n perthyn i *genre* ffuglen wyddonol. Yn hynny o beth mae hi'n sefyll ar ei phen ei hun, gan na chafwyd enghraifft flaenllaw arall yn yr iaith tan dros hanner canrif yn ddiweddarach ac *Wythnos Yng Nghymru Fydd* Islwyn Ffowc Elis. Yn sicr, mae'n sefyll ar ei phen ei hun o fewn cynnyrch toreithiog T. Gwynn Jones: er iddo ysgrifennu ambell stori arswyd, ac er ymddengys iddo fwriadu o ddifri ysgrifennu nofel ffuglen wyddonol Saesneg ar un adeg (gweler *Byd Gwynn: Cofiant T. Gwynn Jones* Alan Llwyd; adnodd hanfodol i'r sawl sy'n ymddiddori yn yr awdur neu yn llenyddiaeth Gymraeg yn gyffredinol), yn y pendraw bu *Enaid Lewys Meredydd* yn un o'r enghreifftiau prin iawn ganddo o fentro i faes ffuglen ddamcaniaethol.

Eto, mewn agweddau eraill mae seithfed nofel wreiddiol Gwynn (cwestiwn cymhleth o ddiffinio yw union nifer y nofelau ysgrifennodd; gweler yr atodiad ar ddiwedd y gyfrol hon) yn hollol nodweddiadol o'i waith llenyddol yn ei grynswth. Bu diddordeb ganddo erioed mewn ehangu gorwelion llenyddiaeth Gymraeg; ac felly efallai na ddylai fod yn syndod yn y byd bod Gwynn yn fodlon arbrofi gyda ffuglen wyddonol. Os oedd ffuglen wyddonol yn beth hollol newydd i'r iaith Gymraeg ar y pryd yna ni ellid dweud hynny am lenyddiaethau eraill: hyd yn oed o gyfyngu'r cyfrif at straeon iwtopaidd Saesneg roedd cannoedd lawer ohonynt wedi'u cyhoeddi erbyn i *Enaid Lewys Meredydd* ddechrau ymddangos ym *Mhapur Pawb* yn 1905. Roeddynt yn boblogaidd mewn ieithoedd eraill hefyd, ac wrth gyflwyno'r ffurf i'r Gymraeg felly roedd Gwynn yn gweu llenyddiaeth Cymru i mewn i'w chyd-destun Ewropeaidd ehangach, rhywbeth a wnaethai dro ar ôl tro fel bardd, fel awdur a chyfieithydd. Fel y nofelau Iwtopaidd a fu, gallwn gymryd, yn ysbrydoliaeth i *Enaid Lewys Meredydd*, yn ei nofel ef mae Gwynn yn defnyddio cyfrwng ffuglen wyddonol i gynnig sylwebaeth gymdeithasol am ei oes ei hun; ond nid oedd hynny ynddo'i hun yn beth newydd o gwbl i Gwynn chwaith, gyda nifer o'i nofelau blaenorol yn gwneud hyn i wahanol raddau, yn enwedig nofelau fel *Gorchest Gwilym Bevan* a *Camwri Cwm Eryr*. Er ei bod, felly, yn sefyll ar ei ben ei hun o ran ei gyfrwng, gellir lleoli *Enaid Lewys Meredydd* serch hynny ym mhrif lif rhyddiaith yr awdur.

Hwyrach mai hynny, fodd bynnag, yw gwendid pennaf y nofel, yn eironig ddigon: mae hi'n rhy gonfensiynol. Mae cyfran sylweddol o'r nofel yn digwydd mewn coedwig wyllt; mae'r cymeriadau'n cynnwys rhai o gymeriadau stoc oes Fictoria (y diotyn, yr eneth ddiniwed bur, y fam, y meddyg caredig—dau ohonynt!); a heblaw'r llongau awyr, *energy bar* Dr. Llwyd ym mhennod XI, a brecwast godidog Ap Rhys (darogan eithaf agos o foreau domestig yr unfed ganrif ar bymtheg!) ar ddechrau'r stori ni chawn ddysgu dim am dechnoleg y dyfodol dychmygol hwn. Mae'r ffaith bod yr elfennau hyn yn y llyfr yn y lle cyntaf yn ei gwneud hi'n amlwg bod Gwynn yn ymwybodol o bosibiliadau ffuglen wyddonol; ond y gwir yw iddo ddewis ysgrifennu nofel yn y cyfrwng ac wedyn peidio manteisio ar ei botensial.

Cawn ddysgu mwy am gymdeithas Cymru 2002 na'i thechnoleg. Os gellir dosbarthu bydoedd amgen ffuglen wyddonol i'r categorïau Iwtopaidd neu Ddistopaidd, yna mae Cymru amgen Gwynn yn perthyn yn glir i'r grŵp cyntaf. Yr Iaith Gymraeg sydd ar dafodau pawb yn y wlad, ac mae Dic Siôn Dafyddiaeth wedi diflannu o'r tir. Mae hyd yn oed sectyddiaeth grefyddol wedi diflannu, ac mae'r cefn gwlad yn lân ac yn goediog (neilltuol o ddiddorol yw'r ffaith bod plannu coedwig ar lethrau'r Wyddfa'n rhywbeth i ymserchu ynddo i Gwynn: y gwrthwyneb llwyr i blanhigfeydd "Western England" Islwyn Ffowc Elis). Ond fe ddysgwn y pethau hyn yn ddigon achlysurol wrth i ni ddarllen y llyfr: nid oes iddynt wir arwyddocâd i'r plot. Mewn gwirionedd, petai Lewys Meredydd wedi marw yn 1805 a chael ei atgyfodi yn 1902 a thrwy hynny dileu'r holl elfennau dyfodolaidd, ni fyddai hynny'n gofyn am ryw lawer o newidiadau i'r nofel fel arall.

Tybed ai ychwanegu'r elfennau ffuglen wyddonol y gwnaeth Gwynn at nofel oedd eisoes wedi'i gwblhau, neu ar y gweill o leiaf, er mwyn ychwanegu diddordeb at nofel wan? Teg ar y cyfan fyddai dweud na ellir cyfrif *Enaid Lewys Meredydd* yn un o gampweithiau ei hawdur: hyd yn oed os bwriadwyd ysgrifennu ffuglen wyddonol o'r dechrau mae cyndynrwydd rhyfedd yr awdur i wneud y gorau o'i gyfrwng yn awgrymu rhyw ansicrwydd efallai ynghylch bwriad a chyfeiriad y nofel, argraff yr ategir ato gan sawl agwedd arall ohoni. Fe dreuliwn ormod o lawer o amser yng nghwmni Norman Watson; mae'r deialog ar brydiau braidd yn brennaidd o'i gymharu â safonau ystwyth arferol Gwynn, ac arwyddocaol efallai yw'r ffaith bod y nofel yn fyrrach na'r un arall o eiddo'r awdur cyn hynny. Tybed oedd Gwynn wedi diflasu arni, ac eisiau ei gorffen er mwyn symud ymlaen i weithio ar bethau eraill?

Serch hynny, athrylith greadigol oedd Gwynn, ac fel yn achos pob gwir athrylith mae modd cael hyd i bethau i'w gwerthfawrogi hyd yn oed mewn gweithiau lleiaf yr awdur. Os nad yw'r llyfr yn cyrraedd safon ei nofelau orau mae'r stori ei hun yn ddigon ystwyth a gafaelgar, ac yn sicr yn fwy darllenadwy na rai o nofelau'r cyfnod. Cawn enghraifft ddiddorol o'i dueddiad i gyfeirio at ei farddoniaeth yn ei ryddiaith, gyda'r cyfeiriad amlwg at *Dyn a Derwen* ym mhennod II. Os mai cipolwg yn unig o'r dyfodol sydd yn y llyfr, yn hytrach na darlun llawn, mae'r cipolwg serch hynny'n wirioneddol unigryw, ac yn ei dro'n cynnig mewnwelediad gwerthfawr ar werthoedd a safbwyntiau'r awdur a'i oes. Mae'n ddiddorol eithriadol er enghraifft fod Gwynn yn cynnig gweledigaeth bositif, iwtopaidd am ddyfodol y Gymraeg, yn enwedig yng nghyd-destun y besimistiaeth oedd yn nodweddu sylwebaeth y cyfnod ynghylch yr iaith, a hyd yn oed meddwl Gwynn ei hun ar y pwnc. Diddorol hefyd yw cyferbynnu'r *math* o Iwtopia genedlaethol a geir yn y llyfr gyda gweledigaethau eraill: mae Cymru 2002 yng ngweledigaeth Gwynn wedi dad-wladychu eu meddyliau ond, mor bell a chaiff y darllenydd wybod, *heb* ddad-wladychu eu gwladwriaeth. Nid yw'r nofel yn dweud wrthym beth yn union yw sefyllfa wleidyddol Cymru, ond gallwn gymryd y tawelwch yn arwyddocaol: nid oes unrhyw sôn am senedd Gymreig neu ymreolaeth neu unrhyw arwydd fod Cymru'n uned wleidyddol ar wahân (cawn wybod, serch hynny, bod yr Eglwys yng Nghymru wedi'i datganoli). Mae hyn er gwaethaf y ffaith y byddai Gwynn, fel aelod o fudiad Cymru Fydd hyd i'r mudiad hwnnw ddod i ben, wedi trin a thrafod y materion hyn yn feunyddiol ar un adeg. Mae'r fersiwn o genedlaetholdeb a geir yn y nofel felly'n gwbl groes i'r hyn a gawn gyda gweledigaeth Islwyn Ffowc Elis, er enghraifft. Os roedd ffyniant y genedl, i Elis, yn dilyn ei hannibyniaeth wleidyddol hi, i Gwynn, roedd hi'n dilyn annibyniaeth *meddwl*—rhywbeth i gnoi cil drosto, yn sicr, i Gymry 2024, 1905 a 2002 fel ei gilydd; ac felly'n fwy na digon o gyfiawnhad dros dynnu llwch ebargofiant oddi ar *Enaid Lewys Meredydd*.

A. P.   2024

Nodyn ynghylch y testun:

Ymddangosodd *Enaid Lewis Meredydd* [sic] ym Mhapur Pawb rhwng mis Mai a Medi 1905. Yn unol â pholisi golygyddol Melin Bapur, yn yr argraffiad newydd hon rydym wedi diweddaru'r orgraff, sillafu a'r iaith rhywfaint, heb amharu ar arddull yr awdur. Cywirwyd hefyd rhai gwallau amlwg o ran rhifo'r penodau, a gwallau gosod.

Bu nifer o anghysondebau yn y testun gwreiddiol, er enghraifft "Mrs. Fychan" mewn rhai penodau a "Mrs. Vychan" mewn eraill, ac yn fwyaf amlwg, yn nheitl y gyfres ac yn y testun ill dau defnyddir "Lewis" a "Lewys" ill dau. Y cyntaf sydd amlaf (er nid bob tro) yn nheitl y gyfres, ond "Lewys" fel arfer yn y testun ei hun. Rydym wedi ymdrechu i gysoni'r anghysondeb hwn, a'r anghysondeb F/Vychan, gan ffafrio'r sillafiadau Cymraeg oherwydd hynny, yn ein tyb ni, oedd yn gweddu orau i'r weledigaeth a gawn yn y nofel o Gymru yn 2002. O ganlyniad, rydym wedi defnyddio *Enaid Lewys Meredydd* yn deitl ar y nofel.

ENAID LEWYS MEREDYDD
Stori am y Flwyddyn 2002

Pennod I.

Ar y degfed dydd o Fai, yn y flwyddyn 2002 o Oed Crist, roedd Dr. Gruffydd ap Rhys yn bwyta ei frecwast yn ei dŷ yn nhref Caernarfon, cyn cychwyn i edrych am ei gleifion. Deunydd ei frecwast oedd dau afal rhost, bara ac ymenyn, a choffi. Gwnâi ei frecwast ei hun, fel yr oedd arno ei eisiau. Ar y bwrdd yn ei ymyl yr oedd cerwyn fechan ddur. I wneud ei goffi, tywalltodd y meddyg lond cwpan o lefrith drwy hopran fechan i'r gerwyn. Yna gollyngodd belen o nodd coffi ceuledig ac ychydig siwgr i mewn. Tynnodd yr hopran, troes sgriw fechan nes cau'r twll, ac yna cyffyrddodd fotwm bychan. Cyn pen ychydig eiliadau, roedd coffi yn berwi a thrwy bibell wydr fechan mewn gwisg ddur ar ochr y gerwyn, gwyliai y berw, yn ôl fel yr oedd y ffigyrau ar y biben yn ei ddangos. Wedi i'r berw godi'n ddigon uchel, troes y meddyg y botwm bychan drachefn, nes atal y gwres. Yna, troes dap bychan, nes oedd y coffi yn llifo allan yn barod. Rhostiodd ei afalau yn debyg, drwy eu rhoi ar radell fechan ynglŷn â'r gerwyn. Ar y bwrdd yn ei ymyl yr oedd rhyw lyfryn bychan, tebyg o ran maint y ddalen i *Bapur Pawb* wedi'i blygu yn ei hanner. Ar y ddalen gyntaf yr oedd y geiriau, *Herald Caernarfon*, a'r dydd a'r mis a'r rhifyn, yn dangos fod y cyhoeddiad hwnnw yn dyfod allan bob dydd. Nid oedd hysbysiadau hyllion ynddo, dim ond newyddion y dydd wedi eu printio â llythyren fras a glân. Bwriai y meddyg ei olwg dros y crynodeb o'r newyddion, a bwytai ei frecwast yn hamddenol.

Pan oedd ef ar ganol, canodd cloch fechan uwch ben y drws. "Dowch i fewn," ebe'r meddyg. Daeth geneth led ieuanc i mewn, a dwedodd fod ar berchen cerdyn oedd ganddi yn ei llaw eisiau gweld y meddyg.

"Dafydd Llwyd!" ebe'r meddyg. "Dowch ag ef i mewn."

Daeth Dafydd Llwyd i mewn, a bu ysgwyd dwylo mawr rhwng y ddau hen gyfaill a fu yn y coleg gyda'i gilydd.

"Eistedd i lawr am damed," ebe'r meddyg Ap Rhys. "Rhaid i ti ddyfod hefo fi i weld y cleifion, ac wedyn cawn dipyn o lonydd."

"Rwyf wedi gadael fy nghleifion am ychydig er mwyn cael seibiant," ebe Dr. Llwyd, "ac felly, gwell gennyf fynd am dro i aros nes byddi di wedi darfod."

"O'r gorau. Fel y mynnot ti. Ond wrth gofio, dylet ddyfod hefo fi i weld un claf, o leiaf. Welaist ti erioed ei debyg, mi rof fy ngair i ti."

"Beth sydd arno? Rhyw glefyd newydd?"

"Wel, mae'n anodd dweud. Oni welaist ti ei hanes yn *Y Meddyg* dro'n ôl? Mae o'n bump ar hugain oed, ac ni ddwedodd air wrth neb erioed—"

"Na, hwnnw? Ers pryd mae o dan dy ofal di?"

"Ers blwyddyn bellach. Daeth ei deulu i fyw i'r dref."

"Wel, rhaid i mi gael ei weld ef, o leiaf."

"Rhaid, yn wir. Mae o tu hwnt i ni i gyd. Mae o yn anadlu yn rhwydd, fel pe bai'n cysgu, ond y mae ei lygaid yn agored weithiau. Eto, rhaid ei fod yn hollol ddiymwybod. Nid yw'n clywed nac yn deall dim, ac ni siaradodd ac ni wnaeth sŵn tebyg i leferydd erioed."

"Oes gennyt ti ddim syniad pa beth sydd arno?"

"Nac oes, ddim o gwbl."

Gorffennodd y ddau feddyg frecwasta, ac aethant allan gyda'i gilydd, a rhag eu blaen i'r tŷ yn Stryd Caer Saint, lle'r oedd y claf hynod. Cyfarfuwyd hwy gan fam y claf, a ddwedodd Dr. Ap Rhys wrthi ei fod wedi dwyn ei gyfaill, Dr. Llwyd, gydag ef.

"O! Doctor! Mae o'n siarad!" ebe Mrs. Fychan.

"Yn siarad?" ebe Ap Rhys, mewn syndod.

"Ie, yn siarad!" ebe Mrs. Fychan, "ond yn siarad y pethau rhyfeddaf ar y ddaear! Fedra' i wneud dim byd ohono."

"Gadewch i mi weld," ebe'r meddyg, ac aeth i fyny tua'r ystafell lle'r oedd y claf. Aeth Dr. Llwyd ar ei ôl. Aeth Dr. Ap Rhys ymlaen at erchwyn y gwely, a safodd Dr. Llwyd wrth y drws. Edrychodd Ap Rhys ar y claf a gwelodd fod y claf, am y tro cyntaf erioed, yn edrych arno yntau, a bod bywyd a deall yn ei lygaid. Rywfodd, roedd ar y meddyg ofn siarad. Aeth ias oer drosto pan glywodd lais y claf yn ei gyfarch, llais clir, cryf, a soniarus ddigon hefyd.

"Da boch chi, syr," ebe'r claf.

"Da boch chithau," ebe'r meddyg.

"Rhynged bodd gennych, syr, eistedd ar y gadair yna," ebe'r dyn claf, "ac ymddiddan â mi, eiddilyn hiliogaeth, os nad wyf yn camfarnu, canys yn ôl a welaf i, nid ydych yn amgen na gŵr urddasol o Gymro o'r oesoedd a fu."

"Pa fodd yr ydych yn barnu felly?" ebe'r meddyg, â golwg anesmwyth iawn ar ei wyneb.

"Yn wir," ebe'r dyn claf, "ni welais i erioed ŵr y byddai sicraf gennyf mai Cymro yw, nac ychwaith ŵr o Gymro ag arno olwg mor deg. Wrth hynny, mi wn, fel y dwedais, mai uchelwr o'r oesau a fu ydych."

Chwarddodd y meddyg yn isel, canys yr oedd erbyn hyn yn dechrau bwrw ei syndod, ond gwelodd wyneb y dyn yn cymylu, a theimlodd ei fod wedi chwerthin lle na ddylasai. Prysurodd i wneud iawn, gan lefaru cystal ag y gallai yn null y dyn claf.

"Na foed gas gennych ddarfod i mi chwerthin," ebe fe, "oherwydd petaech chi yn fy lle, ni wn i a allech chithau amgen na chwerthin glywed eich galw yn 'ŵr urddasol o Gymro o'r oesoedd a fu'."

"Gyda'ch cennad," ebe'r claf yn o chwyrn, "yr wyf yn gobeithio nad oes gennych ddim yn erbyn eich galw yn Gymro?"

"Na," ebe'r meddyg, gan wenu y tro hwn, "nid oes gennyf fi ddim yn erbyn fy ngalw yn Gymro."

"Roeddwn yn meddwl," ebe'r claf, "eich bod yn siarad llawer rhagorach Cymraeg nag a glywais i erioed gan ŵr o'ch bath, a byddai'n chwith gennyf eich cyfrif yn un o deulu Dic Siôn Dafydd."

Glas wenodd y meddyg drachefn.

"Camp arnoch," ebe fe, "a fyddai cael hyd i un o'r wehelyth honno y dyddiau hyn."

"O, ai e, yn wir?" ebe'r claf yn lled syn, "mi adwaenwn amryw gannoedd ohonynt, yn Seneddwyr, meddygon, twrneiod, siopwyr, offeiriaid, pregethwyr, athrawon ysgolion a cholegau, begeriaid a merched gweini. Yr oedd y cnafon i gyd yn fyw pan ddeuthum i'r tŷ neithiwr, atebwch, i ble aeth y giwed, er cystal a fuasai gennyf weld claddu pob copa gwalltog ohonynt?"

"Wel, arhoswch chi," ebe'r meddyg, mewn syndod amlwg, "pa ddydd o'r mis oedd hi ddoe hefyd? Nid ydym yn deall ein gilydd."

"Y degfed o Ragfyr," ebe'r claf.

"A pha flwyddyn, meddech chi?"

"Y flwyddyn un mil a naw cant," ebe'r claf yn barod.

"Wel," ebe'r meddyg yn bwyllog, "os ydyw pethau fel yr ydych chi yn dweud, rhaid eich bod chi, fel yr hen fynach hwnnw gynt, wedi cysgu can' mlynedd a mwy—"

"Cysgu can mlynedd?" ebe'r dyn claf, "os gwelwch yn dda, syr, ystyriwch fy mod i yn ddyn yn fy oed a f'amser, ac ofer i chi fynd i draethu straeon plant wrthyf fi."

"Nid straeon plant mohonynt," ebe'r meddyg yn ddigon difrifol, "rhaid eich bod, fel y dwedais eisoes, wedi cysgu dros can mlynedd, os ydych yn dweud mai y degfed o Ragfyr, 1900, oedd hi neithiwr."

"Neithiwr ddiweddaf yn y byd," ebe'r claf "yr oeddwn i yn darllen *Cywydd y Gem* wrth y tân, ac yn mygu fy mhibell glai, a gefais yn rhodd gan Badrig Murphy."

"Roeddech wrth y gorchwyl hwnnw gant a dwy flynedd a phum mis i heno," ebe'r meddyg, "os digwyddodd hynny ar y degfed dydd o Ragfyr yn y flwyddyn 1900. Mae hi heddiw y degfed dydd o Fai yn y flwyddyn 2002 o Oed Crist."

"Syr," ebe'r claf yn ddigllon, "mi wn fod noddfa i bobl o'u cof o fewn rhyw ddeng milltir i'r fan yma. Ai wedi torri allan oddi yno ydych chi?"

"Syr," ebe'r meddyg, "nid wyf yn dymuno eich cythruddo na'ch dirmygu o gwbl, credwch fi, ond y mae hi heddiw y degfed dydd o Fai yn y flwyddyn 2002 o Oed Crist. Os nad ydych yn fy nghredu, rhaid i mi brofi hynny i chi. Tuag at i ni ddyfod i ddeall ein gilydd, hwyrach y byddwch mor garedig â dweud eich hanes wrthyf. Pa beth yw eich henw?"

"Fy enw," ebe'r claf, "yw Lewys Meredydd, o Blas Meredydd."

"A'ch galwedigaeth?"

"Galwedigaeth? Byw ar fy nhir fy hun yr wyf, fel fy nhadau a'm teidiau gynt."

"Mi welaf. Ac rydych yn cofio darllen *Cywydd y Gem* neithiwr, a mygu pibell?"

"Ydwyf yn iawn, y bibell a gefais gan Badrig Murphy oedd."

"Ac fe aethoch i'ch gwely wedyn?"

"Do."

"Wel, rydych wedi bod yn sâl. Caniatewch i mi deimlo curiad eich gwaed—"

"Pwy ydych chi, ynte?"

"Dr. Gruffydd ap Rhys. O ydy, mae eich gwaed yn curo yn naturiol ac yn rhwydd. Rhaid i chi gael tamed o fwyd a rhywbeth felly. Dof i edrych amdanoch eto yn y man, a chewch ddweud rhagor o'ch hanes wrthyf, ac hwyrach y bydd gennyf finnau rywbeth i'w ddweud wrthych chithau."

"Nid ydych yn fy amau?" ebe'r claf.

"Nac ydw," ebe'r meddyg, "ond nid ydym yn deall ein gilydd yn iawn eto. Dof yma cyn gynted ag y gallaf. Hyd hynny, gwnewch fel y dywedir wrthych, a byddwch yn dawel. Da bo chi ar hyn o bryd."

"Da boch chithau," ebe'r claf.

Aeth y meddyg allan, a Dr. Llwyd, a fuasai'n sefyll wrth y drws ar hyd yr amser, gydag ef.

Dywedodd Ap Rhys wrth Mrs. Fychan am ddarparu rhywbeth ir claf ei yfed, a gofalu peidio â'i groesi mewn modd yn y byd.

"Rwyf yn methu â'i ddeall," ebe fe, "mae'n rhyfedd iawn ei glywed yn siarad fel mae'n gwneud. Ond hwyrach y down i'w ddeall yn well bob yn dipyn. Mae'n gofyn bod yn ofalus, rhag ei darfu. Dof yn fy ôl yn union deg i ddal pen rheswm iddo."

"Diolch yn fawr i chi," ebe Mrs. Fychan, a golwg dychrynedig iawn arni.

Aeth y ddau feddyg allan. Wedi cyrraedd y lawnt o flaen y tŷ, safasant yng nghysgod y llwyni coed, ac edrychasant ar ei gilydd yn syn.

"Wel," ebe Dr. Llwyd, "pa beth ydi dy feddwl di?"

"Waeth dweud y gwir na pheidio," ebe Ap Rhys, "does gen i mo'r syniad lleiaf, os nad ydym ar hyd y canrifau wedi bod yn chwerthin yn ofer am hen athrawiaeth trawsfudiad eneidiau!"

"Wel, peth rhyfedd ydyw fachgen," ebe Dr. Llwyd. "Pa beth a wnei di?"

"Wn i ddim, ond rhaid cymryd gofal ohono fo, a chael cymaint o wybodaeth ag a ellir."

"Rhaid, wrth gwrs."

"Clywaist ef yn sôn am Blas Meredydd? Wel, mae Plas Meredydd yn Nyffryn Clwyd. Clywais Mrs. Fychan yn sôn am y lle, ac yn dweud fod ei hynafiaid yn byw yno. Wel, dos i'r Maes at Wilym Gwyrfai, a gofyn yn fy enw i am gwch awyr i fynd i Ddyffryn Clwyd. Dos i Ddinbych, cei wybod yno yn mhle mae Plas Meredydd. Hola gymaint ag a fedri o hanes Lewys Meredydd."

"O'r gore," ebe Dr. Llwyd.

Pennod II.

Aeth Dr. Llwyd rhag ei flaen at Gwilym Gwyrfai i chwilio am gwch awyr, ac wedi prysuro i edrych am ei gleifion, aeth Dr. Ap Rhys yn ei ôl i'r tŷ yn Stryd Caer Saint i edrych am y rhyfeddod yno.

Roedd hi'r pryd hwnnw tua deg o'r gloch y bore. Aeth Ap Rhys i fyny at y claf, a chafodd ef wedi codi a rhoi rhyw hugan droso, ac yn edrych allan drwy'r ffenestr. Pan glywodd sŵn y meddyg yn mynd i fewn, troes y claf ei ben, ac edrychodd yn graff ar Ap Rhys. Am eiliad, roedd rhyw hurtni yn ei olwg, fel pe buasai'n methu cofio pwy oedd y meddyg, ond diflannodd hynny ar unwaith.

"O, ie, y chi yw'r meddyg, onide?" ebe'r claf.

"Ie," ebe Ap Rhys, "dyma fi wedi dyfod yn ôl fel yr addewais, i gael ymddiddan â chi, os nad oes gennych rywbeth yn erbyn hynny."

"O, nac oes, ddim yn y byd. Mae gennyf lawer o bethau i'w gofyn i chi. Cyn belled ag y gwelaf fi, er rhyfeddod y pethau a ddwedasoch wrthyf gynnau, rydych yn ŵr bonheddig o Gymro, ac mae'n amheuthun cyfarfod un felly. Dyna pam y tybiais mai gŵr o'r oesau a fu oeddych, â barnu wrth eich dillad a'ch iaith."

"Wel, mae arnaf ofn ddarfod i mi eich digio braidd," ebe'r meddyg, "drwy chwerthin pan alwasoch fi yn Gymro o'r oesau a fu, ond credwch fi nad oeddwn yn bwriadu gwneud hynny. Nid ydym ni yn awr yn gwybod pa beth yw bod arnom gywilydd o'n bod yn Gymry—"

"Mae'n llawen dros ben gennyf glywed hynny," ebe'r claf, "os gwir a ddwedasoch i mi, canys pan oeddwn i yn mynd a dyfod yn y byd, boed hynny ddoe fel rwyf innau'n meddwl ai gan mlynedd yn ôl fel y dwedasoch chi, roedd cnwd o gorgwn dirmygus o gwmpas yn Ddicod Sion Dafydd hyd flaenau eu bysedd.”

“Nid wyf yn amau na ddown ni ill dau i ddeall ein gilydd yn y man,” ebe Ap Rhys. “Er mwyn hynny, hwyrach y gallaf fod mor hy â gofyn i chi ddweud tipyn o’ch hanes wrthyf, er mwyn i minnau geisio deall yr amgylchiadau ac egluro i chi, os gallaf, pa beth a ddigwyddodd. Byddai yn dda iawn gennyf gael eich hanes yn union fel y mae yn eich cof chi, os gallaf ofyn hynny.”

“O, gallwch,” ebe’r claf, “dwedaf yr hanes yn rhwydd i chi cyn belled ag yr wyf yn ei gofio.”

“Ie, os gwelwch yn dda, ac er mwyn i chi gael pob chware teg, dwedwch ef yn eich ffordd eich hun, fel pe bawn i heb ddweud dim wrthych.”

“O’r gorau. Wel, deallwch ynte fy mod i wedi fy ngeni ym Mhlas Meredydd, yn Nyffryn Clwyd, yn y flwyddyn 1870. Roedd fy nhad yn berchen ei dir ei hun, ac felly roedd ei dad yntau, a’r teulu er cyn cof. Cefais addysg led dda ar y cyfan—”

“Maddeuwch i mi am aflonyddu arnoch,” ebe’r meddyg, “ond caniatewch i mi ofyn a ydych yn cofio rhywbeth yn arbennig am eich plentyndod?”

“Wel, ydwyf, llawer iawn am fy mhlentyndod. Roeddwn yn bwriadu sôn am hynny. Pan oeddwn tua deg oed, cyfarfûm â damwain drwy syrthio ar fy mhen o ben coeden. Bûm yn sâl iawn, ac o’r adeg honno hyd nes oeddwn yn ugain oed, nid oes gennyf ond ychydig gof am ddim a ddigwyddodd i mi. Am fy mhlentyndod, rwyf yn cofio llawer. Rwyf yn cofio pethau a ddigwyddodd pan oeddwn tua dwy flwydd oed. Byddai fy nhad a fy mam yn synnu at hynny bob amser, rwyf yn cofio’n dda. Nid oes llawer o bwys yn y pethau rwyf yn eu cofio o’r tymor hwnnw, ond pan ddeuthum i wybod pa beth oedd marwolaeth, rwyf yn cofio’n dda y byddai arnaf arswyd mawr rhag marw. Byddwn yn meddwl o hyd ac o hyd am farw, ac yn ceisio dychmygu y gallwn ddyfod o hyd i ryw ffordd i beidio marw fel pobl yn gyffredin. Byddwn yn meddwl y carwn i rywsut fyw hyd nes byddwn wedi blino ar fywyd, ac yna y cawn orffwyso heb wybod dim am amseroedd maith. Ni allaf ddweud y byddwn yn meddwl y cawn ddyfod yn fyw yn fy ôl, ond rwyf yn cofio fel ddoe y byddwn yn meddwl y cawn orffwys heb wybod dim, ac eto heb beidio â bod."

"Maddeuwch i mi am ofyn cwestiwn eto i chi," ebe Ap Rhys, "rwyf yn ei ofyn am y byddwn innau, pan oeddwn yn blentyn, yn meddwl pethau tebyg iawn i chi. A fyddai arnoch ofn meddwl am dragwyddoldeb?"

"Byddai! Byddai arnaf fwy, bron, o ofn meddwl am dragwyddoldeb nag am farwolaeth, hynny yw, meddwl am fyw am dragwyddoldeb a bod yn gwybod pethau ac yn teimlo pethau. Byddwn yn meddwl na allwn i na neb arall byth wneud hynny, a dyna hwyrach a barodd i mi feddwl y cawn orffwys yn hir heb wybod na theimlo dim, ac eto heb beidio â bod. Yr oedd fy nhad, welwch chi, yn ddyn crefyddol, ac yn fy nysgu y caem, ar ôl marw, fynd i'r nefoedd at Dduw, ac yno fyw yn hapus i dragwyddoldeb. Wel, dyna'r tragwyddoldeb y byddai arnaf ei ofn. Rwyf yn cofio'r llun a fyddai ar fy amgyffred am y tragwyddoldeb hwnnw, a'r syniad a fyddai gennyf am y gorffwyso pan fyddwn wedi blino. Byddwn yn meddwl am y nefoedd fel rhyw blas aruthrol fawr, ac amdanom ninnau yn byw yno, filoedd ar filoedd o flynyddoedd, hyd nes byddai byw wedi mynd yn faich arnom, hyd nes byddem, mewn gwirionedd, wedi blino. Yma byddwn yn meddwl y byddai i Dduw ein taflu i orffwys mewn rhyw ystafell heb lun arni yn fy meddwl, ac y byddem yno mewn angof llwyr, ond eto, rywsut, heb beidio â bod."

"Felly. Ac ni fyddech byth yn meddwl nac yn dychmygu am gael dyfod yn fyw drachefn, a mynd drwy'r un peth wedyn?"

"Na fyddwn; dim ond meddwl am y gorffwys heb wybod na theimlo dim, ac eto heb beidio â bod. Wel, fel yr oeddwn yn mynd yn hŷn, aeth y teimladau hyn yn llai, a deuthum innau i fedru bod yn debycach i blant eraill, hynny yw, os nad oedd plant eraill yn meddwl pethau yr un fath â fi, ac nid wyf yn meddwl eu bod. Cefais ysgol led dda, fel y dwedais. Pan oeddwn tua deg oed, cefais y codwm y soniais amdano, ac effeithiodd hynny yn lled drwm arnaf. Nid wyf yn cofio ond y nesaf peth i ddim o'm meddyliau rhwng fy mod yn ddeg a fy mod yn ugain oed, ond am bob peth a ddysgais yn y cyfnod hwnnw——ac fe ddysgais lawer—rwyf yn eu cofio yn dda, cystal ag yr wyf yn cofio fy meddyliau fel plentyn. Pan oeddwn yn ugain oed dechreuais gofio fy meddyliau drachefn, fel yr oeddwn yn gwneud pan oeddwn yn blentyn, dyna'r pryd y dechreuais ddeall, mewn gwirionedd, lawer o'r pethau a ddysgais ar dafod leferydd rhwng fy negfed a'm hugeinfed flwydd. Bûm yn meddwl y rhaid fod y codwm wedi effeithio rywsut ar fy ymennydd, ond rwyf ym methu â deall sut, os felly fu, y gallaswn gofio fy ngwersi cystal. P'run bynnag, dyna'r gwir i chi. Wel, yn fuan wedi i mi droi fy ugain oed, bu farw fy mam, a chyn hir, collais fy nhad hefyd. Dygodd hynny fi drachefn i feddwl am farwolaeth, ond nid oedd arnaf gymaint o'i hofn ag o'r blaen. Teimlo yr oeddwn erbyn hynny fod yn amhosib deall marwolaeth dyn. Derwen yn byw am ganrifoedd, a dyn yn marw ymhen rhyw ychydig flynyddoedd. Ni allwn beidio ag achwyn na chawsai dyn wybod rywbeth am yr hyn sydd o'i flaen. Nid oedd yr eglurhadau cyffredin yn fy modloni. Ni allwn mo'u gwrthbrofi, ond ni allwn mo'u credu chwaith. Nid oeddwn i yn gweld nemor amcan na diben mewn bywyd, ac roedd yn gas gennyf meddwl am y dirgelwch mawr. I gael rhywbeth i'w wneud, dechreuais astudio hanes a llenyddiaeth fy mhobl fy hun a phobloedd eraill hefyd, o ran hynny. Ond roeddwn yn hoff neilltuol o bopeth Cymreig, a chefais fy hun yn un—yr unig un, bron—o ddosbarth a fu'n lluosog gynt—y bobl a chanddynt dipyn o eiddo, hamdden, a dysg, ac eto heb droi'n Ddicod Siôn Dafydd. Yn y cyflwr hwn yr oeddwn pan euthum, fel y dwedais wrthych, i gysgu neithiwr— hynny yw, neithiwr, fel yr wyf fi yn credu. Yr oedd pobl yn dweud fod tro ar fyd, a bod y Cymry yn dechrau cymryd eu lle priodol yn y byd. Mae'n wir fod cennad i ddysgu'r iaith yn yr ysgolion, a bod llawer o wŷr o ddysg a synnwyr yn cefnogi hynny, ond yn fy marn i roedd gormod o gynffon-gwn mewn swyddi yn siarad yn huawdl mewn cyfarfodydd fel yr Eisteddfod a rhai tebyg, ond yn dangos yn eglur mewn lleoedd eraill nad oeddynt ond rhyw daclau heb hunan-barch, yn gwneud hynny er mwyn bod yn gymeradwy. Ni fynnwn i ddim i'w wneud â'r peth yr oeddynt yn ei alw'n "fywyd cyhoeddus" am na fedrwn ddioddef y giwed yma, a byddwn yn eu melltithio yn dost yn unig wrth ddarllen eu hanes. Wel, dyna i chi dipyn o fy hanes, heb fynd i roi manylion. Ddoe, fel yr wyf fi yn edrych arno. Euthum ar fusnes i dref Dinbych, lle cyfarfûm fy hen gyfaill, Padrig Murphy, Gwyddel tlawd a fyddai yn gwerthu potiau a phethau felly hyd y wlad, ac a fu yn dysgu Gwyddeleg i mi. Bûm yn cael cinio a llymed o gwrw gydag ef yn y *Bull*, un o'r tafarnau mwyaf yno, a chefais bibell glai Wyddelig ganddo. Euthum adref tua'r hwyr. Yr oeddwn yn lled isel fy ysbryd. Euthum i fygu'r bibell glai, ac i ddarllen *Cywydd y Gem* yng ngwaith Goronwy. Wedi ei ddarllen, euthum i synfyfyrio, ac yna cysgais. Y peth olaf rwyf yn ei gofio yw cael fy hun adrodd y llinellau hyn, hanner drwy fy hun:

> Troswn, o chawn y trysor
> Ro a main daear a môr;
> Ffulliwn hyd, ddau begwn byd
> O'r rhwyddaf i'w chyrhaeddyd;

Chwiliwn, o chawn y dawn da
Hyd erwinder daear India,
Dwyrain, a phob gwlad araul,
Cyfled ag y rhed yr haul.

Pan ddeffrais, gwelais ryw ddynes yn sefyll yn ymyl erchwyn y gwely. Meddyliais ar y dechrau mai Mari Williams, yr hen wraig oedd yn cadw tŷ i mi ydoedd, ond pan gyferchais hi, gweiddodd y ddynes fel pe buasai wedi dychryn, a chychwynnodd redeg ymaith, ond daeth yn ôl, a dechreuodd siarad â mi bethau na allwn i eu deall. Yr oedd hithau yn dweud nad oedd yn fy neall innau."

"Wel," ebe Ap Rhys, "diolch i chi am ddweud yr hanes wrthyf. Hwyrach y cawn ni weledigaeth eglurach yn y mân. Ar hyn o bryd, os mynnwch, dwedaf finnau eich hanes wrthych fel yr ydym ni yn ei wybod."

"Ar bob cyfrif", ebe'r claf, "os oes i mi ryw hanes amgen na'r hanes a wn fy hun, ac a adroddais i chi yn awr."

Aeth Ap Rhys yntau ymlaen i ddweud yr hanes wrth y claf.

Pennod III.

Erbyn yr hwyr, roedd Dr. Dafydd Llwyd yn ei ôl, wedi bod ym Mhlas Meredydd ac wedi treulio rhai oriau yn chwilio am hanes Lewys Meredydd.

"Wel," ebe Ap Rhys, fel yr oedd y ddau yn eistedd ar y lawnt o flaen tŷ'r meddyg, ac yn edrych ar afon Menai, fel llinyn arian rhyngddynt a Sir Fôn, "Wel—a gefaist ti hyd i rywbeth?"

"Do, fachgen, stori o'r fwyaf rhamantus a glywaist ti nemor dro," ebe Dr. Llwyd.

"Gad i mi ei chlywed ynte," ebe Ap Rhys.

"O'r gorau. Euthum i Ddinbych, fel y peraist i mi, a chawsom hyd i Blas Meredydd yn ddigon didrafferth. Dechreuais holi, a chefais yn fuan fod digon o draddodiadau yn yr ardal am Lewys Meredydd. Ond gad i mi ddweud yr hanes yn union fel y clywais ef. Wrth fynd at y tŷ, roeddwn yn mynd heibio'r Eglwys. Gwelais ddyn yn sefyll wrth y porth, a thybiais mai ceidwad y fynwent ydoedd. Euthum ato a dechreuais ei holi.

'A oes yma rai o hen deulu Plas Meredydd wedi eu claddu yma?' ebe fi.

'Oes,' ebe'r dyn, 'am wn i nad yma y claddwyd hwy i gyd hyd y diwethaf ohonynt.'

'Pwy oedd hwnnw?' ebe fi.

'Lewys Meredydd,' ebe yntau, 'a fu farw tua chan' mlynedd yn ôl.'

'O,' ebe fi, 'a fedrwch chi ddangos ei fedd ef i mi?'

'Medraf, siŵr,' ebe'r dyn, 'Dowch y ffordd yma. Nid oeddynt yn llosgi'r cyrff yn yr oes honno. Mae'r bedd yn ymyl yr hen goeden ywen acw.'

Euthum ar draws y fynwent at y goeden ywen, ac yno yr oedd carreg farmor â'r argraff hon arni:——

Dyma Fedd
LEWYS MEREDYDD,
o Blas Meredydd, yn y plwyf hwn.
Ganed ef Gorffennaf 10, 1870.
Bu farw. Rhagfyr 10, 1900.
Duw'n ei ran! Ni roed dan ro
Gymro oedd gymar iddo.

'A oes ryw hanes ar gael amdano fo yn yr ardal yma?' ebe fi.

'O, oes lawer iawn,' ebe'r dyn. 'Un rhyfedd dros ben oedd o, yn ôl traddodiad. Bu farw, fel y gwelwch, yn ddyn ifanc. Sylwch ar y ddwy linell o gywydd sydd ar ei garreg fedd:——

Duw'n ei ran! Ni roed dan ro
Gymro oedd gymar iddo!

Wel, mae hynny'n ddigon gwir, yn ôl y traddodiad sydd amdano yn yr ardaloedd yma. Yr oedd o'n byw fel y byddai ei deidiau gynt, ar ei dir ei hun, ac yn gwisgo dillad wedi eu gwneud o wlân ei ddefaid ei hun. Ni phrynai byth ddim y medrai ei godi neu ei dyfu ar ei dir ei hun. Ei gyfeillion oedd yr hen bobl fwyaf Cymreig yn yr ardal. Yr oedd yn ben noddwr popeth Cymreig, yn medru canu'r delyn, a chanddo gasgliad helaeth o lyfrau a hen lawysgrifau gwerthfawr. Cewch weled y rheiny hyd heddiw ym *museum* Dinbych—gadawodd hwy yn ei ewyllys i'w rhoi i'r dref pan godid *museum* yno, ac yno y maent bellach ers blynyddoedd. Wel, hen lanc oedd Lewys Meredydd, a mae traddodiad ar lafar gwlad—mae'n siŵr fod pobl yn ei gredu yn ei oes ef—ei fod o wedi tyngu na

phriodai byth oni chyfarfyddai yn effro y ferch y byddai'n
ei gweld yn ei freuddwydion. Mae traddodiad ar led yr
ardal y byddai pobl yn aml yr ei weld gefn nos yn croesi'r
rhostir sydd yn agos i Blas Meredydd, ac yn gweiddi,
'Gwenhwyfar! Gwenhwyfar!' Yn ôl yr hanes, clywodd rhai
o'i wasanaethyddion ef hefyd yn siarad, gefn nos, â
rhywun, a hynny, meddent hwy, mewn iaith nad oeddynt
hwy yn deall ond ychydig ohoni, er mai Cymraeg ydoedd.
Ar gwr eithaf y rhostir y soniais amdano, lle mae disgynfa
i lawr at ryw aber bach yn y gwaelod, mae clogwyn o graig
yn ymgodi rai llathenni yn uwch na wyneb y rhos. Mae
traddodiad ar gael fod pobl wedi ei weld yn sefyll ar ben y
clogwyn hwnnw yn fynych, ar bob awr o'r nos, ac yn
adrodd rhywbeth â'i holl, egni, ond ni wyddai neb pa beth
ydoedd. Rhyw draddodiadau fel yna sydd ar lafar gwlad
amdano ymhlith y bobl gyffredin yn yr ardal.'

'Felly,' ebe finnau, 'a oes ryw hanes am ei farwolaeth ar
gael?'

'Oes,' ebe'r dyn, 'mae llawer o straeon digon rhyfedd
ar gael am ei farwolaeth hefyd. Mae rhai pobl yn ddweud
mai ei gladdu yn fyw a gafodd o. Hwyrach fod hynny'n
wir. P'run bynnag, mae meddwl am y fath beth yn ddigon
â dychryn dyn. Dylem ddiolch ein bod ni bellach yn
ddigon call i wneud peth felly yn amhosibl, sut bynnag.'

'Dylem, yn siŵr,' ebe finnau, 'ond beth ydi'r stori am
farwolaeth Lewys Meredydd ynte?'

'Wel, mae mwy nag un stori ar gael, ond dyma i chi'r
stori a glywais i gan fy nhaid. Yr oedd fy nhaid yn hogyn
pan fu farw Lewys Meredydd; ac yn un o'r rhai a gafodd
hyd i'w gorff o.'

'Hyd i'w gorff o?' ebe fi. 'Onid yn ei wely adref y bu farw?'

'O, nage,' ebe'r dyn. 'Yn ôl stori fy nhaid, roedd Lewys
Meredydd, y diwrnod cyn ei farwolaeth, neu o leiaf y
diwrnod cyn y caed ei gorff, wedi mynd i Ddinbych.
Daeth adref yn lled hwyr y nos, ac yn ôl fel y dywedai Mari

William, yr hen wraig oedd yn cadw ei dŷ, bu'n darllen fel arfer cyn mynd i'w wely. Erbyn y bore, nid oedd ef ar gael. Meddyliodd yr hen wraig mai wedi codi yn fore yr ydoedd, a mynd i grwydro, fel y byddai yn aml. Ond tua deg o'r gloch y bore, gwelodd yr hen wraig ef, ebe hi, yn ei lyfrgell, yn chwilio am ryw lyfrau, fel y tybiai hi. Aeth ato i'w holi ym mha le y bu, ond collodd olwg arno yn sydyn. Dychrynodd yr hen wreigan druan ofergoelus yn arw, dywedodd wrth rai o'r gwasanaethyddion eraill, ac aed i chwilio am Lewys Meredydd. Aeth y stori ar led, ac aeth llawer o bobl yr ardal i chwilio amdano hefyd—roedd pobl yn bur ofergoelus yn yr oes honno, fel y gwyddoch. Roedd fy nhaid fy hun, yr hen greadur—coffa da amdano!—yn credu hyd ei ddiwedd fod Mari William wedi gweld ysbryd Lewys Meredydd. Ond i fynd ymlaen hefo'r stori. Roedd pobl wrthi'n chwilio hyd y lonydd a'r caeau, ebe fy nhaid. Tua thri o'r gloch y prynhawn, roedd rhyw hanner dwsin o bobl a phlant wedi cyrraedd at y clogwyn y soniais amdano, ar ymyl y rhostir. Dwedodd rhai ohonynt y byddai Lewys Meredydd yn hoff o fynd i'r fan honno. Dringodd fy nhaid a rhyw hogyn arall i ben y clogwyn, ac yno ar gopa'r graig, yn gorwedd ar wastad ei gefn â'i wyneb tua'r nefoedd, yn hollol farw, cawsant hyd i Lewys Meredydd. Dygwyd ei gorff adref. Bu cwest arno, a bûm yn darllen hanes hwnnw fy hun yn yr hen bapurau newydd ym *museum* y dref. Cawsant mai marw o achosion naturiol a ddarfu iddo, a chladdwyd ef yn y fynwent yma, fel y gwelwch. Dyna sylwedd yr hanes a glywais i gen fy nhaid, er fod yr hen ddyn, druan, pam oedd yn ei ddweud wrthyf i, yn hen ac yn hurt, ac yn credu'n sicr fod Lewys Meredydd wedi ei gladdu yn fyw. 'Dywed ti a fynnot,' ebe'r hen ddyn wrthyf fi, 'yr wyf yn sicr fy mod lawer gwaith ar ôl hynny wedi gweld ysbryd Lewys Meredydd yn sefyll ar ben y clogwyn lle cawsom ei gorff, ym mrig yr hwyr wrth fynd heibio ymhen blynyddoedd ar ôl hynny.'

Wrth gwrs, chwerthin am ben yr hen ŵr y byddwn i bob
amser, ond waeth faint a chwarddai neb, ni fedrid byth
beri i'r hen ŵr newid ei feddwl. Yr oedd o'n siŵr ei fod
wedi gweld ysbryd Lewys Meredydd.'

"Roedd arnaf flys dweud wrth y dyn fod ei daid
hwyrach ym nes i'r gwir nag ef, a bod Lewys Meredydd yn
fyw yng Nghaernarfon heddiw, ond meddyliais fod yn
well i mi beidio. Felly, diolchais iddo am yr hanes, ac
euthum yn fy ôl i Ddinbych, ac i'r *museum* yno i chwilio'r
hen bapurau newyddion. Cefais hyd i hanes y cwest. Yr
oedd hwnnw, wyddost, yn null yr oes—popeth yn
rhyfeddol o fanwl ynghylch symudiadau'r dyn. Yr unig
dystiolaeth nodedig yn y cwbl oedd tystiolaeth Patrick
Murphy. Dywedodd hwnnw fod Meredydd ac yntau wedi
bod yn cael bwyd a diod gyda'i gilydd, a bod rhywbeth yn
rhyfedd yn null Meredydd y diwrnod hwnnw.

'Yr oedd o,' ebe fe, 'fel dyn yn cofio pethau wedi
digwydd gannoedd o flynyddoedd yn ôl.'

'Pa beth yr ydych yn ei feddwl wrth hynny?' ebe'r
Crwner wrtho.

'Wel,' ebe Murphy, 'fedra' i ddim dweud yn iawn. Ond
roedd o yn adrodd hen straeon a glywais i pan oeddwn yn
hogyn yn y 'Werddon, ac yn eu dweud fel petase fo yno
pan oeddynt yn digwydd.'

"Nid oedd dim arall anghyffredin yn y tystiolaethau, a
bwriwyd mai marw o achosion naturiol a wnaeth Lewys
Meredydd. Ar ôl darllen hanes y cwest, euthum i weld y
llyfrau a'r llawysgrifau. Ni chefais, wrth gwrs, amser ond i
fwrw rhyw fras olwg drostynt, ond mae yn eu plith lawer
iawn o bethau gwerthfawr. Dyna iti gymaint ag y medrais
i gael hyd iddo heddiw."

"Wel," ebe Ap Rhys, "mae rhywbeth yn rhyfedd
ofnadwy ynglŷn ag ef, onid oes?"

"Anghyffredin," ebe Dr. Llwyd. "A fuost ti yn ei weld
wedyn?"

"Do. Bu'n dweud yr hanes wrthyf o'i febyd hyd ei farwolaeth, neu hyd nes aeth i gysgu neithiwr, chwedl yntau."

Yna rhoes Ap Rhys grynodeb i'w gyfaill o'r hyn a ddywedodd y dyn claf wrtho, fel yr adroddwyd yn y bennod ddiwethaf.

"Beth yr wyt ti yn ei feddwl ohono?" ebe Dr. Llwyd.

"Wn i ddim, fachgen, ond mae'n amlwg, onid ydi, ei fod yn dweud y gwir amdano ei hun?"

"Ydi, fuaswn i'n meddwl, er na soniodd o ddim wrthyt ti, feddyliwn, am ei grwydro nos a'i alw ar Gwenhwyfar, pwy bynnag oedd hi, nac ychwaith ei fod wedi mynd i grwydro y noswaith honno i ben y clogwyn."

"Na, soniodd o ddim am hynny. Mae ei gof o yn darfod gyda darllen gwaith Goronwy ar ôl mynd adref o'r dref. Weli di, rhaid fod enaid Lewys Meredydd yn y dyn yma!"

"Wel, rhaid, rydym wedi cael digon o brawf o hynny yn siŵr."

"Do—edrych!"

Neidiodd Ap Rhys ar ei draed yn sydyn.

"Beth sydd?" ebe Llwyd yntau, gan godi ar ei draed.

"Weli di mo'r llongau acw?" ebe Ap Rhys, gan bwyntio i'r awyr uwchben Sir Fôn.

Draw yn y pellter, fel dwy aden wen fawr, roedd dwy long awyr yn troi ac yn hofran, weithiau'n codi ac weithiau'n gostwng uwchben Sir Fôn, a'r naill fel pe buasai yn ymlid y llall, fel pe buasent ddwy wylan ar yr aden.

Daethant yn nes, nes. Roeddynt o'r diwedd uwchben Menai.

"Gwêl!" ebe Ap Rhys.

Gwelwyd rhywbeth fel llinyn o dan yn neidio o un llong at y llall, a'r funud nesaf, roedd y naill yn disgyn fel carreg i'r afon, a'r llall yn ymgodi fel pluen i'r awyr.

Pennod IV.

Rhedodd y ddau feddyg ar unwaith at yr afon. Roedd llawer o bobl heblaw hwy wedi gweld y digwyddiad ac yn rhedeg fel hwythau at lan yr afon, ond roedd y ddau feddyg ymhlith y rhai cyntaf i gyrraedd. Yr oedd dau ddyn wrthi'n bwrw cwch i'r dŵr pan gyrhaeddodd Ap Rhys a Dafydd Llwyd yno, a chyn fod nemor neb arall wedi cyrraedd, yr oedd y pedwar yn mynd allan yn y cwch am ganol yr afon, lle'r oedd y llongwyr wedi disgyn. Yn fuan iawn roedd cychod eraill yn cychwyn o wahanol gyfeiriadau tua'r un lle.

Pan gyrhaeddodd y ddau feddyg a'r ddau gychwr, gwelsant fod y llong wedi ei niweidio, ond yr oedd yn dal ar wyneb y dwfr yn iawn. Y peth a'u synnodd fwyaf oedd fod y bobl oedd ynddi, yn ôl pob golwg, wedi marw. Cawsant eglurhad ar hynny cyn hir, sut bynnag, canys pan oeddynt yn dynesu ab y llong, llanwyd eu ffroenau ag arogl drwg oedd mor gryf nes eu mygu bron, a bu raid iddynt rhwyfo ymaith beth pellter rhagddo.

"Dyma ryw ddigwyddiad go anghyffredin," eb Ap Rhys. "Weli di'r mwg?"

"Gwelaf," ebe Llwyd, gan sefyll ar ei draed yn y cwch ac edrych.

Yng nghawell y llong awyr, lle'r oedd tri o gyrff i'w gweld ar draws ei gilydd, roedd rhywbeth i'w weld yn mygu yn araf. Y mwg hwnnw oedd yn peri'r arogl taglyd oedd mor gryf fel na fedrid mynd yn ddigon agos at y llong i wneud dim. Yr oedd cychod eraill yn dynesu, ac yr oedd yn amlwg fod y bobl oedd ynddynt ym methu â deall pam roedd y cwch cyntaf yn cadw draw. Aeth dau neu dri o gychod ymlaen at y llong, ond buan y troesant hwythau'n ôl. Felly bu disgwyl am ysbaid. Rhwyfwyd cychod eraill at gwch y meddygon, a dywedodd Ap Rhys wrth y cychwyr fod yn rhaid fod ffusen o nwy marwol wedi ei thanio i'r llong, a bod y bobl oedd ynddi wedi eu mygu ganddo. O dipyn i beth, darfu'r mwg, ac o'r diwedd, medrodd y meddygon fynd at y llong. Cawsant fod y tri dyn oedd yn y cawell wedi marw. Dynesodd y cychod eraill, a symudwyd y cyrff o'r llong iddynt. A barnu wrth eu gwisgoedd, tramorwyr oeddynt. Roedd y ddau feddyg ar fin gadael y llong pryd y symudodd Ap Rhys ryw hugan sidan oedd yng nghwr y cawell. Yn gorwedd yno, o dan yr hugan, gwelodd ferch ieuanc. Roedd ei hwyneb yn dangos na wenwynwyd hi gan y nwy, o leiaf, ond roedd hi'n hollol ddiymwybod. Cododd y ddau feddyg hi i'w cwch eu hunain, a dechreuasant rwyfo tua'r lan. Cyplysodd rhai o'r cychwyr eraill y llong a'u cychod hwythau, i'w thynnu i'r lan.

Yr oedd glan yr afon yn frith o bobl erbyn i'r ddau feddyg gyrraedd, a mawr oedd yr holi. Roedd y meddygon wedi cael allan fod y ferch ieuanc yn fyw, ond ei bod mewn math o lesmair neu lewyg, ond roedd y tri dyn wedi marw. Aed â'r cyrff i dŷ'r marw, ond aeth y ddau feddyg a'r eneth ieuanc gyda hwy i dŷ Ap Rhys, er mwyn ceisio ei dwyn ati ei hun.

Gyda'u bod yn y tŷ, daeth Mrs. Fychan atynt.

"O, doctor!" ebe hi wrth Ap Rhys, "pa beth sydd wedi digwydd? Yr oedd y bachgen yn edrych drwy'r ffenestr, a gwelodd y ddwy long. Yr oedd yn methu a deall pa bethau oeddynt. Ceisiais ddweud wrtho, ond nid oedd yn fy neall. Mynnai gael mynd allan, ac allan yr aeth, er fy ngwaethaf—"

"Pa le mae o?" ebe Ap Rhys.

"Ar lan yr afon, a thwr o bobl o'i gwmpas, y fo yn holi a hwythau yn synnu ac yn meddwl mai dyn o'i gof ydi o," ebe Mrs. Fychan, mewn pryder mawr.

"Llwyd," ebe Ap Rhys, "da thi, dos gyda Mrs. Fychan ato fo, a dwg ef yma rhag blaen, gael i minnau edrych ar ôl yr eneth druan yma."

Felly fu. Aeth Dr. Llwyd gyda Mrs. Fychan at lan yr afon yn ddi-oed. Dyna lle'r oedd y claf gynt yn sefyll yng nghanol twr o bobl â golwg syn ar ei wyneb, a hwythau yn edrych yn syn arno yntau, rhai ohonynt yn ei holi, ac eraill yn siarad â'i gilydd.

"Yn mhle bu hwn yn cysgu?" ebe un.

"Ni welodd erioed long awyr o'r blaen," ebe'r llall.

"Roedd o'n gofyn i mi ai llong Santos-Dumont[*] oedd hi," ebe'r trydydd.

"Ac mae o'n gofyn y cwestiynau rhyfedda!" ebe'r pedwerydd.

"Rhyw greadur o'i gof ydi o, mae'n siŵr i chi," ebe'r pumed, "ŵyr o ddim pwy ydi o'i hun—roedd o'n taeru â'i fam mai nid ei mab hi ydi o!"

Clywai Dr. Llwyd y sylwadau hyn fel yr oedd Mrs. Fychan ac yntau yn ymwthio drwy'r bobl. Yn sydyn, cododd Meredydd Fychan ei lais a gweiddodd:

"Be gebyst sydd arnoch chi bobl? A oes cyrn ar fy mhen i? I ba beth yr ydych yn tyrru o'm cwmpas i, fel pe bawn ddyn â mwnci yng nghanol twr o blant? Myn fy nghred, oni chliriwch i ffwrdd, mi wnaf ddifrod arnoch, fel mai byw fi!"

Ar y gair, dechreuodd gythru am y rhai nesaf ato; trawodd dri neu bedwar ohonynt i lawr, a chwalodd y lleill nes cafodd Mrs. Fychan a Dr. Llwyd le i fynd ato.

"O, fy machgen, fy machgen!" ebe Mrs. Fychan yn drist, gan redeg tuag ato.

---

[*]Alberto Santos-Dumont (1873-1932). Dyfeisiwr ac awyrennwr o Frasil; ef a ddyluniodd, adeiladodd a hedfanodd y llongau awyr cyntaf. Roedd yn ŵr byd-enwog adeg cyhoeddi *Enaid Lewis Meredydd* ac byddai ei enw'n gyfarwydd i rai o ddarllenwyr *Papur Pawb* yn 1905; fodd bynnag, ni ddaethai llongau o'r fath yn gyffredin fel y disgwylid ar ddechrau'r 20fed ganrif.

"Eich bachgen?" ebe yntau, "Pwy ydych chi, tybed?"

"Lewys Meredydd!" ebe Dr. Llwyd, gan sefyll o'i flaen ac edrych yn graff arno.

Troes yntau yn sydyn, edrychodd yn fanwl ar y meddyg, a chyfarchodd ef yn araf, heb gymryd y sylw lleiaf o neb arall.

"Syr," ebe fe, "feddyliwn fod yma un yn ei bwyll yng nghanol y twr ffyliaid yma. Pwy ydych chi, os gwelwch yn dda? Mae genych fantais arnaf fi; gan nad wyf yn eich cofio."

"Dr. Dafydd Llwyd wyf fi," ebe'r meddyg. "Nid wyf yn meddwl eich bod yn fy adnabod, ond yr wyf yn ffrind mawr â'ch cyfaill, Dr. Ap Rhys, ac rwyf wedi dyfod i ofyn a ddowch chwi gyda fi i'w dŷ ef."

"Fy nghyfaill Dr. Ap Rhys!" ebe'r llall. "Ap Rhys? O, ie, ie siŵr. Rwyf yn cofio. Ie, siŵr. Yr oeddwn wedi glân anghofio amdano ef a'r peth a ddywedodd wrthyf. Maddeuwch i mi. Ym mha le y mae ef?"

"Os byddwch mor garedig â dyfod gyda fi, dygaf chwi i'w dŷ," ebe Dr. Llwyd.

"O'r gorau, o'r gorau—rhywle o ganol y ffyliaid cegrwth yma!" ebe yntau.

Aeth y tri ymaith gyda'i gilydd, a chlywodd Dr. Llwyd un o'r bobl yn dweud wrth ei gyfaill fel yr oeddynt hwythau'n pasio, "Dywedais wrthyt mai rhyw greadur o'i gof ydoedd. Glywaist ti fel yr oedd y doctor yna yn ei drin o?"

"Eglurwch i mi pa beth sydd wedi digwydd, os gwelwch yn dda," ebe Meredydd Fychan, gryn lawer yn dawelach erbyn hyn.

"Gwnaf siŵr," ebe Dr. Llwyd. "Rwyf yn deall fod fy nghyfaill Dr. Ap Rhys wedi dweud wrthych fod pethau wedi newid cryn lawer yn ystod yr amser a aeth heibio er pan oeddech chi yn—wel, yn gynefin â mynd a dyfod o gwmpas y wlad yma—"

"Do, do siŵr. Wel?"

"Wel, gwelsoch y ddwy long awyr?"

"Llong awyr? Arhoswch chwi, ie, yr wyf yn cofio. Santos-Dumont, y fo a ddyfeisiodd rhywbeth felly, onide? Wyddwn i ddim chwaith ei fod wedi gwneud rhyw lawer ohoni."

"O, do, fe wnaeth gryn lawer, a gwnaeth eraill fwy ar ei ôl. Yn awr rydym yn teithio o le i le ynddynt, ac maent yn bethau digon cyffredin. Dwy o rai tramor oedd y ddwy a welsoch. Nid ydym yn gwybod yr amgylchiadau eto, ond mae'n debyg fod rhyw elyniaeth rhwng y bobl oedd yn y ddwy. Taniodd pobl un llong ffusen o nwy gwenwynig i'r llall. Niweidiwyd peth ar y llong a syrthiodd i'r afon. Mygwyd tri o ddynion oedd ynddi gan y nwy marwol, ond cawsom hyd i eneth ieuanc yno yn fyw ond yn ddi-ymwybod. Mae fy nghyfaill Dr. Gruffydd ap Rhys yn ei hymgeleddu hi. Cawn yr hanes ganddi, mae'n siŵr, os daw hi ati ei hun."

"Nwy gwenwynig ddwedoch chi?" ebe Meredydd Fychan. "Pa beth yw hwnnw?"

"O, dyfais ddychrynllyd yw hi. Ni chlywais i am ei harfer o'r blaen ond mewn rhyfel, hyd yr wyf yn cofio. Maent yn defnyddio llongau awyr i ryfela yn awr, ac ar ôl eu cael dan reolaeth iawn, dyfeisiwyd dulliau newyddion o ryfela. Un yw taflu'r nwy marwol yma, a gwenwyno'r awyr, nes mygu pwy bynnag a fydd yn ymyl y lle y ffrwydro'r ergyd. Dyfais uffernol yw hi."

"Yn wir, buaswn ym meddwl hynny!" ebe Meredydd Fychan. "Un o orchestion gwareiddiad eto, mae'n debyg gen i, fel y car motor, a rhyw bethau felly !"

"Wel, un o orchestion gwyddor, beth bynnag am wareiddiad," ebe Dr. Llwyd, "ond gresyn fod neb yn defnyddio'r fath ddyfais hefyd."

"Lladron a llofruddion sy'n manteisio fwyaf ar bob dyfais o'r fath, neu felly y gwelais i bob amser, beth bynnag," ebe Meredydd Fychan.

"Mae gormod o wir yn y dywediad," ebe Dr. Llwyd.

Aethant ymlaen gan ymddiddan fel hyn nes cyrraedd tŷ Dr. Ap Rhys, a Mrs. Fychan yn gwrando mewn syndod ar ymadroddion ei mab. Erbyn iddynt gyrraedd y tŷ, roedd Dr. Ap Rhys wrthi yn ddygn yn ceisio dyfod â'r eneth ieuanc ati ei hun. Daeth Ap Rhys atynt a gofynnodd i Meredydd Fychan ei esgusodi am ychydig, er mwyn iddo gael gwneud ei orau i'r eneth. Yna aeth ymlaen gyda'i orchwyl, a daliodd, Dr. Llwyd ben rheswm i Meredydd Fychan, bob yn ail ag ymgynghori ag Ap Rhys. Buont wrthi felly am ysbaid, a Meredydd Fychan a Mrs. Fychan yn eu gwylio yn fawr eu diddordeb. Yn raddol, daeth yr eneth i anadlu yn rhwydd a naturiol, a chyn hir, agorodd ei llygaid, ac edrychodd o'i chwmpas yn syn. Roedd Dr. Ap Rhys yn sefyll yn ei hymyl, a gwelodd yr eneth ef heb weld y lleill. Llefarodd yr eneth ryw eiriau, ond nid oedd y meddyg yn eu deall.

"*Mademoiselle, vous êtes sauve,*"[*] ebe'r meddyg, ar y siawns y gallai bod hi'n deall Ffrangeg. Ysgydwodd yr eneth ei phen, a llefarodd rhyw eiriau dieithr drachefn.

"*Vi estas savita. Ne timu. Ni estas amikoj,*"[†] ebe'r meddyg.

"*Mi vin dankas! Kie mi estas? Kiu estas tie?*"[‡] ebe'r eneth.

Gwrandawai Meredydd Fychan yn astud ar yr ymddiddan hwn.

"Pa iaith ar y ddaear yw hon yna?" ebe fe wrth Dr. Llwyd.

"O, dyna'r iaith gyffredin," ebe Dr. Llwyd.

"Iaith gyffredin?" ebe'r llall, fel pe buasai'n methu deall pa beth a feddylid.

---

[*] 'Meistres, rydych wedi'ch arbed.'
[†] 'Rydych yn ddiogel. Peidiwch ag ofni. Cyfeillion ydym.'
[‡] 'Diolch i chi! Ym mha le ydwyf i? Pwy sydd yna?'

Pennod V.

“Ie, iaith gyffredin,” ebe Dr. Llwyd, “clywsoch sôn am ieithoedd gwneud at y pwrpas hwnnw, mae’n siŵr gen i?”

“Do—Volapuk, Neo-Lladin, Nova-Roma,” ebe Meredydd Fychan.

“Ie, wel, dyna rai fu’n cynnig. Mewn gwirionedd mae rhyw ddwy neu dair ohonynt eto yn rhyw ymryson am y lle, ond Esperanto yw honna y mae’r ddau yn ei siarad yn awr. Mae pawb yn mhob gwlad rŵan yn ei fedru hi neu un o’r ddwy arall. Yr ydym yn dysgu’r iaith briod, a’r iaith gyffredin yn mhob gwlad—yn yr ysgolion. Cyn bo hir, cytunir ar un iaith gyffredin drwy’r gwledydd gwar, mae’n siŵr, ac yno medr pawb siarad a’i gilydd yn rhwydd heb orfod dysgu mwy nag un iaith.”

“Ar fy ngair, dyna yw ieithoedd y cenhedloedd, fychain a mawrion, ynte,” ebe Meredydd.

“Ie, siŵr,” ebe’r meddyg, “Dyna un rheswm fod cystal llewyrch ar ein iaith ni heddiw, er gwaethaf pob ymdrech a fu gynt i’w lladd hi.”

“Bûm yn dadlau dros beth tebyg fy hun yn fy nydd,” ebe Meredydd Fychan, “a galwyd fi yn ffŵl am hynny gan rai na ddysgasant erioed unrhyw iaith yn iawn—ddim hyd yn oed eu hiaith eu hunain. Mynnai llawer o ffyliaid nad oedd iaith dda i ddim ond i wneud masnach ynddi, a byddent yn anghefnogi dysgu Cymraeg am nad oedd ‘werth masnachol’ ynddi, meddent hwy.”

“Clywais sôn am y geriach hynny,” ebe Dr. Llwyd. “Wrth gwrs, mae i bob oes ei ffyliaid ac mae’n debyg mai felly y bydd hyd ddiwedd amser; ond erbyn hyn, sut bynnag, rydym yn ystyried mai’r prif beth angenrheidiol mewn dyn yw hunan-barch ac annibyniaeth Mae’n amlwg ddigon bellach y byddai gynt ddigonedd o ddynion wedi cael addysg dda ac yn llenwi swyddi o bwys, ond heb fod ganddynt ronyn o hunan-barch nac o annibyniaeth meddwl."

"Amlwg," ebe Meredydd Fychan, "gallwn feddwl ei fod yn amlwg ddigon! Adwaenwn i ugeiniau o ddynion mewn swyddi o bwys, ac wedi cael addysg dda, fel yr ydych yn dweud, ond heb fod ynddynt fymryn o annibyniaeth meddwl na hunan-barch. Damwain i chi gael offeiriad heb fod ei holl ymddygiad ym mhob peth yn amcanu yn fwriadol ddysgu pobl edrych i lawr ar eu hiaith a'u hanes eu hunain, ac edrych i fyny ar iaith a hanes Lloegr. Pan roeddwn i yn yr ysgol, cosbid y plant am siarad eu hiaith eu hunain, a dysgid ni i edrych i lawr ar y dynion a fu'n ymladd dros ein rhyddid gynt. Canlyniad hynny ydoedd fod pob plentyn â rhywfaint o ysbryd ynddo yn tyfu'n wrthryfelwr o'i febyd, a'r lleill—y mwyafrif mawr, wrth gwrs—yn tyfu'n gynffongwn llechwraidd."

"Ni allesid disgwyl dim arall," ebe Dr. Lwyd. "Caethion, mewn gwirionedd, oedd y mwyafrif, caethion o'u mebyd. Dylasai y rhai oedd yn astudio eneideg hyd yn oed gan mlynedd yn ôl wybod am naw can naw deg a naw o bob mil o'r plant y rhoddid yr argraff ar eu meddyliau yn eu mebyd nad oedd yr iaith a siaradai eu rhieni a hwy ddim yn iaith i'w dysgu yn yr ysgol, na fyddent byth o angenrheidrwydd yn ddim amgen na chynffongwn llechwraidd, fel dwedoch. Gallai plentyn, wrth gwrs, fod yn blentyn galluog, a gallai ddyfod yn ei flaen, bod yn ddysgedig, a chael swydd o bwys, ond ni fyddai ond caethwas—cymerai ei arwain neu ei yrru gan ei feistriaid ar hyd ei oes. Waeth pa beth a fyddai—barnwr, seneddwr, esgob, offeiriad, twrne, athro, siopwr, tincer neu bedler— gallech dyngu ymlaen llaw mai enaid caethwas a fyddai yno, a gallech brofi hynny wrth bob gair, ymddygiad ac edrychiad o'i eiddo."

"Roeddwn yn sicr o hynny fy hun bob amser," ebe Meredydd Fychan. "Oni bai fod hynny'n wir, ni allasai y dynion a adwaenwn i fod byth yn y safleoedd yr oeddynt ynddynt. Yr oeddwn yn sicr y gallai dyn, er bod yn alluog, eto fod yn gaethwas dirmygus yn ei ysbryd."

"Roeddech yn union yn eich lle, wrth gwrs. Nid oes neb nad yw'n gwybod hynny heddiw, ac os dengys dyn mewn safle o bwys mai enaid caethwas sydd ynddo, ni fydd yn hir cyn suddo yn naturiol i'w le ei hun. Ni chadwai caethwas o esgob fyth mo'i le yn yr Eglwys Gymreig heddiw. Ni ddewisid dyn ac enaid caethwas ganddo byth yn gadeirydd Cyngor Sir, na Thref, na Phlwyf, na Dosbarth, canys mae'r bobl, bellach, wedi eu dysgu o'u mebyd i ymddiried ynddynt eu hunain a'u parchu eu hunain."

Roedd Dr. Llwyd a Meredydd Fychan, gan faint eu diddordeb yn yr ymddiddan hwn, wedi anghofio am yr hyn oedd yn digwydd o'u cwmpas, ac yr oedd Ap Rhys wedi symud yr eneth ieuanc, ac yr oedd Mrs. Fychan wedi mynd ymaith heb yn wybod iddynt. Tynnwyd eu sylw oddi wrth bwnc yr ymddiddan gan ddyfodiad Dr. Ap Rhys atynt.

"Ar fy ngair," ebe Dr. Llwyd, "yr oeddwn wedi anghofio pob peth am y claf. Lle mae hi?"

"Aethom â hi i orffwys," ebe Ap Rhys. "Mae hi wedi dyfod ati ei hun yn dda iawn erbyn llyn, ond wrth gwrs, mae hi ym bur wan, a rhaid bod yn ofalus ohoni."

"A gefaist ti beth o'r hanes ganddi hi?" ebe Dr. Llwyd.

"Do," ebe Ap Rhys, "ond nid rhyw lawer. Wrth lwc, fel y sylwaist, mae'n debyg, mae hi'n medru siarad un o'r ieithoedd cyffredin. Dywedodd dipyn o'r hanes wrthyf, ond ni holais lawer arni. Rwsiad yw hi o genedl, ac yr oedd rhyw gweryl rhwng ei chyfeillion hi a'r rhai oedd yn y llong arall. Roedd un o'r dynion a laddwyd yn gwybod rhyw gyfrinach, ebe hi, ac er mwyn ei symud oddi ar y ffordd, taniodd y lleill y gwenwyn i'r llong; ar ôl ei hymlid am gryn amser. Dyna gymaint â ddwedodd hi wrthyf fi, ac nid oeddwn yn hoffi holi rhagor. Pan ddaw hi'n gryfach, yr wyf yn sicr y cawn ragor o'r hanes ganddi."

"Wel, beth a wnawn ni yn awr, ynte?" ebe Dr. Llwyd.

"Wn i ddim," ebe Ap Rhys, gan edrych ar Meredydd Fychan; "ond gan fod Mr. Fychan gyda ni, waeth i ni fynd am dro tua chartref gydag ef. Gawn ni ddyfod i'ch danfon chwi, Mr. Fychan?"

"Mr. Fychan?" ebe yntau. "Byddai'n dda gennyf pe galwech fi wrth fy enw fy hun, Lewys Meredydd."

"O, ie. Wel, maddeuwch i mi," ebe Ap Rhys, "Yr wyf, wrth gwrs, yn barod i'ch galw wrth yr enw hwnnw, canys nid oes amheuaeth nad yw enaid Lewys Meredydd ynoch; yn ôl a welaf fi, beth bynnag am y corff. Ar yr un pryd, gadewch i mi, fel cyfaill, ofyn i chwi geisio bod mor dyner ag y medroch tuag at deimladau Mrs. Fychan. Mae hi, wrth gwrs, yn eich hystyried yn fab iddi. Mae'n anodd i chwi gadw mewn cof bob amser, mi wn yn dda, ond yr wyf yn sicr y gwnewch eich gorau."

"Gwnaf, gwnaf, wrth gwrs," ebe Lewys Meredydd, fel y mynnai gael ei alw, "gwnaf fy ngorau i gofio; ond cofiwch chwithau fod hynny yn beth anodd, canys yr wyf fi yn naturiol yn cymryd pethau fel yr wyf yn eu cofio."

"Yn naturiol iawn," ebe Dr. Llwyd, "nid yw'n hawdd i chwi eu cymryd yn wahanol. Ond fe gynefinwch â phethau yn fuan."

"Wn i ddim, yn wir," ebe Lewys Meredydd, "mae arnaf ofn y byddaf yn hir yn cynefino. Pan fyddaf yn cofio'r hyn a ddwedasoch wrthyf, ac yn meddwl fod y bobl yr oeddwn i yn eu hadnabod ac yn troi yn eu plith yn eu beddau ers yn agos i gan mlynedd, byddaf yn teimlo'n unig ac yn ddigyfaill iawn, a braidd na ddymunwn fy mod innau hefyd gyda hwythau, yn lle fy nghael fy hun fel hyn."

"O, peidiwch â siarad fel yna," ebe Ap Rhys. "Rwyf yn siŵr ei fod yn anodd i chwi ddygymod â ni mewn llawer peth, ond gallwch fod yn siŵr o hyn—gallwch ymddiried yn llwyr yng nghyfeillgarwch a chynorthwy fy nghyfaill Dr. Llwyd a minnau. Gwnawn ein gorau bob amser i egluro popeth i chwi ac i osgoi pob annifyrrwch i chwi tra boch gyda ni."

"Diolch i chwi ill dau," ebe yntau, "yr wyf yn siŵr y gallaf bob amser ymddiried ynoch chwi, ac, yn wir, mae'n ffawd fawr i mi fy mod wedi digwydd dyfod i gyffyrddiad mor agos â chwi ill dau."

Aeth y tri chyfaill allan, a cherddasant yn araf tua chartref Lewys Meredydd. Roedd cryn ferw yn y dref oblegid y digwyddiad ynglŷn â'r llongau awyr, a daeth amryw at Ap Rhys i holi sut yr oedd yr eneth ieuanc a achubwyd yn dyfod ymlaen. Ymhlith y rhai a aeth ato i holi yr oedd dyn gweddol ieuanc yr olwg arno mewn un ystyr, ac eto hen iawn mewn ystyr arall. Roedd ei wallt yn ddu a'i farf yr un modd, heb gymaint ag un blewyn gwyn yn y naill na'r llall, ond yr oedd ei osgo fel osgo hen ŵr, a'i gerddediad ansicr yn dangos ei fod yn dioddef oddi wrth ryw afiechyd, neu ynte ei fod wedi gwneud rhyw gam ag ef ei hun. Yr olaf oedd y gwir. Roedd Norman Watson, Sais o genedl, ond wedi ei eni a'i fagu yng Nghymru, wedi cychwyn ar ei yrfa fel meddyg yn rhyfeddol o addawol, ond wedi troi i yfed ac wedi ei ddifetha ei hun am byth. Gellid ei weld beunydd hyd y dref yn mynd at hwn a'r llall o'i hen gydnabod i fegio ceiniog i fynd i gael diod. Gwnaeth ei gyfeillion eu gorau iddo ym mhob ystyr, ond yn hollol ofer. Roedd Ap Rhys a Dr. Llwyd gydag amryw eraill o feddygon y cylch wedi rhoi arian fwy nag unwaith i geisio gwneud rhywbeth i'w adfer, ond gwaethygu roedd Norman Watson o hyd. Wrth weld mai ofer oedd eu holl ymdrechion erddo, yr oedd yn naturiol i'w hen gyfeillion fynd yn fwy amharod i geisio gwneud dim iddo, ac i ryw fesur yn amharod i wneud dim ag ef, gan y byddai yn fynych yn troi i'w difenwi ar goedd yn yr heol oni roeddent arian iddo pan fyddai ei wanc waethaf.

Y tro hwn, nid oedd Norman Watson yn feddw, ond nid oedd yn sobr chwaith. Roedd yntau gyda'r lliaws wedi gweld helynt y llongau, ac wedi rhedeg i lan yr afon i wylio a holi pa beth oedd wedi digwydd. Gwyddai, wrth gwrs, gymaint â'r cyffredin o'r amgylchiadau, a chryn dipyn mwy na'r cyffredin yn nghylch y modd yr oedd pethau, yn ôl pob tebyg, wedi digwydd. Felly roedd yn hawdd iddo, drwy egluro pethau, ennill cryn glod ac ychydig ddiod gan y dosbarth isaf hyd y tafarnau. Roedd yn amlwg ei fod eisoes wedi dechrau gwneud hynny, ond eto, nid oedd yn feddw iawn ar y pryd. Ei amcan wrth fynd at Ap Rhys i holi yn ddiau oedd cael rhagor o wybodaeth, os gallai sut yn y byd, a fyddai o werth iddo hyd y tafarnau. Dwedodd hefyd wrth Ap Rhys ei fod ef, fel un a fu'n efrydydd meddygol, ac a ddylasai fod yn feddyg pe cawsai chwarae teg, yn teimlo diddordeb yn yr achos, ac y buasai'n hoffi gweld y ferch ieuanc a achubwyd. Yn wir, nid oedd ef yn amau na fuasai yn dda i Ap Rhys ei gymryd i weld yr eneth, rhag blaen, er mwyn cael ei farn ef ar bethau. Gwrandawodd Ap Rhys yn ddigon amyneddgar arno, a dwedodd wrtho yn ddigon foesgar fod y ferch ddieithr allan o berygl, ac nad oedd arno ef angen ymgynghori â neb ynghylch ei chyflwr. Cododd Watson ei wrychyn yn sydyn pan glywodd hynny.

"Fyddai ddim rhaid i chwi fod mor ffroenuchel, Dr. Ap Rhys," ebe fe, "cofiwch fy mod i wedi mynd drwy f'arholiadau yn well na chwi."

"Nid wyf yn amau o gwbl nad aethoch, ac nad ewch eto drwy lawer peth arall yn well nag y medraf i byth fynd," ebe Ap Rhys.

"Beth? Beth ydech chi'n ei ddeud?" ebe Watson, rhwng hurt a sarrug, ond yn lle ei ateb, aeth Dr. Ap Rhys yn ei flaen.

Pennod VI.

Safodd Norman Watson ar ganol yr heol, gan edrych ar ôl Ap Rhys a Dr. Llwyd yn mynd yn eu blaenau gyda Lewys Meredydd.

"Myn f'einioes!" ebe Norman wrtho'i hun, "mi wnaf i'r ysgoegyn yna dalu am ei falchder a'i sarhad arnaf fi eto!"

Aeth Norman ar ei union i un o'i hoff dafarnau i foddi ei ddigofaint, heu yn hytrach i'w "feithrin a'i gadw yn gynnes," chwedl y bardd. Yno yr oedd cryn nifer o ddynion yn eistedd i yfed ac i siarad â'i gilydd am y naill beth a'r llall, ac yn bennaf am ddigwyddiad y llongau awyr. Dywedodd Norman gymaint o'r hanes ag a wyddai, ac yr oedd, oherwydd ei addysg a'i ddawn naturiol, er gwaethaf ei hoffter o ddiod a'i fywyd gwyllt, yn abl i ddeall mwy na'r cyffredin yn unig wrth olwg pethau, wrth gwrs. Pan ddaeth i ben ei dennyn yn y cyfeiriad hwnnw, dechreuodd ddychmygu, ac aeth yn wir cyn belled ag anturio awgrymu ei fod wedi cael llawer o'i hysbysrwydd m neb llai na Dr. Gruffydd ap Rhys ei hun. Gwrandawai ei gymdeithion yn astud arno, a chawsai yntau ddigon o ddiod ganddynt yn dâl am eu diddori. Felly y byddai Norman Watson yn llwyddo i foddio ei flysiau.

Yn Gymraeg roedd yr ymddiddan, ond sylwodd Norman cyn hir fod yno un dyn oedd fel pe na fuasai yn deall yr hyn a ddwedid. Dyn gweddol fychan ydoedd, tew a graenus yr olwg. Roedd ganddo farf gringoch drwchus, a gwallt bron o'r un lliw; llygaid bychain gleision a thalcen lled gul; trwyn smwt braidd, a gwefusau tewion. Nid oedd lawer o wahaniaeth rhyngddo o ran wisg a'r cyffredin o Saeson, a thybiodd Norman mai Sais ydoedd. Roedd yn amlwg fod y dyn bach yn gwrando ar yr ymddiddan, a hefyd yn ddigon eglur i rywun craff nad oedd yn ei ddeall. Cyfarchodd Norman y dyn dieithr yn Saesneg ac ysgydwodd yntau ei ben i ddangos nad oedd yn deall yr iaith honno. Cyfarchodd Norman ef yn yr iaith gyffredin, ac atebodd y gŵr bach ef yn rhwydd.

"Teithiwr wyf fi," ebe fe, "newydd, gyrraedd i'r dref yma. Cerdded yr wyf drwy'r wlad er mwyn gweld y lleoedd enwog a heirdd, a sylwi ar arferion y bobl."

"Da iawn. O ba wlad ydych yn dyfod, os gallaf fod mor hyf a gofyn?" ebe Norman.

"Ffrainc," ebe'r gŵr bach yn gwta.

"Felly. Beth yw eich barn ar y wlad hon a'i phobl?"

"O, gwlad hardd iawn, hyd y gwelais i," ebe'r gŵr bach, "hardd iawn. Ac am y bobl, maent yn dra charedig, yn siŵr. Newydd gyrraedd i'r dref yma yr wyf, fel y dywedais. Clywais rywun yn dweud ar ddamwain felly fod rhywbeth lled anghyffredin wedi digwydd yma heddiw—"

"Am hynny yr oeddem yn siarad," ebe Norman yn barod, gan weld cyfle eto i fanteisio ar ei wybodaeth a'i ddychymyg.

"Pa beth a ddigwyddodd?" ebe'r estron, yn fwy neu lai di-daro ei dôn.

"Ffrwgwd rhwng dwy long awyr," ebe Norman.

"Yn wir?" ebe'r estron, yr un mor ddi-daro ag o'r blaen.

"Ie," ebe Norman, "ac fel yr oeddwn yn dweud wrth y cwmni yma, mae'n sicr fod rhyw ddirgelwch lled anghyffredin ynglŷn â'r digwyddiad."

"A yw'r llongau yma ynte?" ebe'r gŵr dieithr.

"Nac ydynt," ebe Norman, "hynny ydyw, ddim ond un, sef yr un a syrthiodd i'r afon."

"O, a syrthiodd un i'r afon ynte?"

"Do, siŵr. Taniodd y llall nwy gwenwynig ati, i lawr â hi i ganol yr afon, a mygwyd tri dyn oedd ynddi."

"Y cwbl yn farw?" ebe'r gŵr bach, gan ddangos tipyn mwy o ddiddordeb yn yr hanes erbyn hyn.

"Wel, na, cafwyd geneth ieuanc yng nghawell y llestr yn fyw, ond yn ddi-ymwybod," ebe Norman.

"O, yn wir! Peth rhyfedd, onide, os gwenwynwyd y lleill?"

"Wel, ie, peth rhyfedd, mae'n siŵr, i ryw fesur," ebe Norman, "ond dylwn ddweud wrthych, fel meddyg fy hun, ac hefyd ar ôl bod yn siarad â'r meddyg sydd yn gofalu am yr eneth, ei bod hi wedi ei chael o dan rhyw hugan sidan yng nghornel y cawell, a'i bod hi yn ôl pob tebyg yn ddi-ymwybod, neu wedi syrthio i ryw fath o lewyg anghyffredin cyn darfod tanio'r nwy gwenwynig at y llong."

"O, mi welaf. Felly, yr ydych chi yn feddyg?" ebe'r estron, gan edrych yn graff ar Norman.

"Ydwyf," ebe Norman, "er na fyddaf yn dilyn fy ngalwedigaeth felly—"

"Ac yr ydych yn gyfaill i'r meddyg sydd yn gofalu am yr eneth yma?"

"Ydwyf," ebe Norman, braidd yn anesmwyth ei feddwl. Roedd yn rhaid iddo, sut bynnag, beidio ag addef, yng nghlyw y rhai y bu'n dweud wrthynt gymaint o bethau ar bwys ei gyfeillgarwch tybiedig ag Ap Rhys, nad oedd ef ar delerau da o gwbl â'r gŵr bonheddig hwnnw. Ofnai, wrth iddo ddweud ei fod yn adnabod Ap Rhys yn dda, y gallai'r estron erfyn iddo ryw gwestiwn a fuasai'n profi ei gelwydd, ond ar y cyfan, teimlai y buasai'n well iddo golli ymddiried yr estron na cholli ymddiried ei gydnabod ei hun yn y dref. Rhaid fod rhyw fath o ymwybod yn Norman beth a ddigwyddai nesaf pan oedd ef yn teimlo fel hyn, canys y peth nesaf a ofynnodd yr estron oedd:

"A ddeuwch chwi gyda fi at y meddyg yr ydych yn sôn amdano ac yn gyfaill iddo? Yr wyf innau yn teimlo diddordeb mawr mewn llongau awyr, ac yn y dull i'w trin a'u perffeithio. Buaswn yn hoffi'n fawr gael ymddiddan â'r meddyg am ganlyniadau y nwy gwenwynig yma. Yr wyf yn ceisio dyfeisio dull i wrthsefyll ei effeithiau marwol. A allaf fi fod mor hy â gofyn i chi ddyfod gyda fi at eich cyfaill y meddyg yr oeddech yn sôn amdano?"

Roedd Norman yn y gornel a ofnai. Ni thalai iddo ar un llaw gyfaddef gerbron y cwmni nad oedd ronyn o gyfeillgarwch rhyngddo ef a Dr. Ap Rhys, ac ni allai ar y llaw arall gymryd arno ei fod yn gyfaill i Ap Rhys oni fedrai fynd â'r estron ato fel y dymunai. Ond roedd Norman yn ddigon cyfrwys pan fyddai'n weddol sobr.

"Cymeraf chi at fy nghyfaill, Dr. Gruffydd ap Rhys," ebe fe, "er fy mod yn ofni na fydd yn hawdd i chi gael ei weld yn ddi-oed. Mae wedi mynd oddi cartref—gwelais ef yn mynd cyn dyfod i mewn yma, a bûm yn siarad gair neu ddau ag ef ar y ffordd. Sut bynnag, gallwn fynd cyn belled â'i dŷ i edrych a yw wedi dyfod yn ei ôl, os mynnwch."

"O'r gorau," ebe'r estron, "rwyf, wrth gwrs, yn rhoi fy hun yn eich llaw. Nid oes arnaf frys, ond pe gallwn ei weld heno, gorau yn y byd, wrth gwrs. Mae'n lwc fawr fy mod wedi taro arnoch, ac rwyf yn ddiolchgar iawn i chi am eich caredigrwydd a'ch parodrwydd i wneud cymwynas â dyn dieithr."

"Peidiwch â sôn," ebe Norman. "Os mynnwch, fe gychwynnwn ni tua thŷ Dr. Ap Rhys yn awr. Cawn weld a fydd adref ai peidio, ac os na fydd, cawn fynd heibio drachefn yfory, hwyrach."

"Rwyd yn barod pan fynnwch," ebe'r estron, a chychwynnodd y ddau allan gyda'i gilydd.

Roedd Norman mewn cornel, ond roedd yn rhyw hyderu medru dyfod ohoni rywsut. Meddyliai y gallai hwyrach fentro ceisio gweld Ap Rhys a chyflwyno'r estron iddo, neu ynte hwyrach mai'r peth gorau fyddai iddo addo cyfarfod y gŵr dieithr fore trannoeth i fynd i chwilio am Ap Rhys, a pheidio â gwneud hynny. Teimlai yn sicr nad oedd Ap Rhys wedi dychwelyd adref eto, ac felly fod yn ddiogel iddo fynd â'r estron yno, o leiaf, a dweud wrtho y caent weld y meddyg drannoeth ar ôl bod yn ymholi.

Gyda'u bod allan o'r dafarn ac yn cerdded ar hyd y stryd mewn lle gweddol dawel, safodd y gŵr dieithr ac edrychodd yn graff ar Norman.

"A allaf ymddiried ynoch?" ebe fe.

"Gallwch," ebe Norman, braidd yn syn glywed y fath gwestiwn.

"Os gallwch fy nghynorthwyo," ebe'r gŵr dieithr, "ni fyddwch ar eich colled."

"Syr!" ebe Norman, gan gymryd arno ddigio wrth yr awgrym ei fod ef yn un a wnâi gymwynas am dâl.

"Wel," ebe'r estron, "os nad ydych yn barod i dderbyn cydnabyddiaeth, mae arnaf ofn nad y chi yw'r dyn i mi."

"Mae'n dibynnu, wrth gwrs, pa beth y mae arnoch eisiau i mi ei wneud," ebe Norman. "Os yw'n wasanaeth y gallwch yn rhesymol ddisgwyl i ŵr bonheddig ei wneud am dâl, mi a'i gwnaf, os medraf."

"A ydych chi mewn gwirionedd yn gyfaill i'r meddyg yma rydych yn sôn amdano—beth yw ei enw?"

"Gruffydd ap Rhys," ebe Norman.

"Ie—a ydych chi mewn gwirionedd yn gyfaill i'r iddo, ynte dim ond rhyw gydnabod cyffredin?"

Cofiodd Norman am ei benderfyniad i ddial ar Ap Rhys am ei sarhau, ond eto, nid oedd Norman yn adyn mewn gwirionedd, ac ni fynasai wneud niwed maleisus i Ap Rhys, er y carasai ddial arno.

"Wel," ebe fe, "gan eich bod yn gofyn yn blaen, atebaf innau yn blaen. Nid wyf yn gyfaill gwirioneddol i Gruffydd ap Rhys. Rhyw gydnabod cyffredin iddo ydwyf—"

"Yr oeddwn yn meddwl hynny," ebe'r gŵr dieithr.

"Ond," ebe Norman, "os ydych yn meddwl y gwnawn i unrhyw dro sâl ag ef, rydych yn methu."

"Nid oes arnaf eisiau i chwi wneud tro sâl ag ef," ebe'r gŵr dieithr; "pe buasai arnaf eisiau dyn i wneud tro felly, ni fuaswn yn debyg o ofyn i ddyn o'ch safle chi, a fuaswn i?"

"Na fuasech," ebe Norman, wedi ei blesio yn fawr gan y fath *gompliment* i'w safle.

"Wel," ebe'r gŵr dieithr, oedd erbyn hyn yn dechrau dyfod i ddeall ei ddyn, "nid oes angen i mi felly ddweud wrthych nad oes arnaf eisiau i chi wneud tro sâl â'r meddyg. Gwn nid chi yw'r dyn i hynny. Ond y mae arnaf eisiau help i wneud cyfiawnder, dyna'r cwbl. Rwyf yn meddwl y rhoech help i mi wneud cyfiawnder, pe gallech."

"Gwnawn, yn siŵr," ebe Norman, gan deimlo eto yn falch o syniad uchel yr estron amdano.

"O'r gorau. Nid yw'r hyn y mae arnaf fi eisiau ei wneud yn beth a effeithia mewn modd yn y byd ar y meddyg, er drwg na da, mewn gwirionedd. Nid oes a wnelo ag ef mewn modd yn y byd yn bersonol."

"Wel," ebe Norman, "dwedais wrthych y gallech ymddiried ynof i wneud unrhyw gymwynas anrhydeddus â chi. Rwyf yn dweud hynny eto. Felly, byddwch cystal â dweud wrthyf pa beth a fynnech gennyf."

"Oni fyddai yn well i ni fynd i ryw ystafell, lle caem lonydd i siarad?" ebe'r gŵr dieithr. "Rydym yn tynnu sylw pobl yma ar yr heol fel hyn."

"Ydym," ebe Norman. "O'r gorau, dowch, gyda mi i fy llety. Cawn lonydd yno i siarad, heb fod neb yn ein gweld na'n clywed."

Yna arweiniodd Norman y gŵr dieithr gydag ef i'w lety. Sylwodd y gŵr dieithr fod y llety mewn rhan go salw o'r dref, a thrachefn wedi cyrraedd yno, sylwodd mai golwg llwydaidd iawn oedd ar yr ystafell lle'r aeth Norman ag ef. Nid oedd yno ond bwrdd crwn bychan ar ganol y llawr a dwy gadair, un o bob tu iddo. Ar ryw silff fechan ar y pared roedd ychydig lyfrau, ac ar yr ochr arall i'r ystafell roedd un llun bychan mewn ffrâm o dderw du.

"Dyma fy llety i," ebe Norman, gan deimlo yn sydyn ei fod wedi gwneud camgymeriad drwy ddwyn yr estron i le mor lwm. "Gwelwch mai lle digon syml a thlodaidd ydyw.

Yn wir, gwell gennyf le syml fy hun nag un math o le, ac at hynny, mae'r lle yma dipyn yn fwy tlodaidd nag a fuasai, hwyrach, pe na fuaswn i wedi bod mor anlwcus—waeth sut, ar hyn o bryd, wrth gwrs. Eisteddwch i lawr, syr, os gwelwch yn dda."

"Diolch i chi," ebe'r estron, gan eistedd ar y gadair a osododd Norman iddo un ochr i'r bwrdd, ac eisteddodd Norman ei hun yr ochr arall.

"Rwyf braidd yn sychedig," ebe'r estron, "oni fyddai well i ni gael llymaid? Caniatewch i mi anfon allan, os oes yma rywun yn gyfleus, am rywbeth i'w yfed."

"O'r gorau," ebe Norman, yn ddigon parod, ac aeth i ymofyn rhywun i fynd i nôl y ddiod iddynt.

Pennod VII.

Wedi cael y ddiod, ac wedi yfed tipyn ohoni—hynny yw, wedi i Norman yfed tipyn yn o lew—dechreuodd yr estron sôn drachefn am ei amcanion. Yr oedd yntau yn yfed, ond nid cymaint o lawer ag a yfai Norman. Po fwyaf a yfai Norman, parotaf yn y byd oedd i wrando ar awgrymiadau'r estron. Gwyddai yr estron hynny'n dda, ond gwyddai cystal â hynny fod peth perygl iddo adael i Norman yfed gormod. Y cwbl yr oedd arno ef ei eisiau oedd cael Norman i'r cyflwr hwnnw lle byddai'n barod i wneud unrhyw beth er mwyn cael chwaneg o ddiod, neu arian i brynu chwaneg pan fynnai.

"Wel," ebe'r estron pam farnodd fod Norman wedi yfed digon, "yr wyf yn deall eich bod yn barod i wneud cymwynas anrhydeddus i mi?"

"O, ydwyf, ydwyf, wrth gwrs," ebe Norman, yn rhyfeddol o gwrtais, fel y bydd dyn ar hanner meddwi.

"Wel, a bod yn blaen, dyma fel y mae hi. Mae'r eneth ddieithr yna sydd yn nhŷ'r meddyg hwnnw—beth yw ei enw—o, ie, Dr. Ap Rhys—yn ferch i gyfaill i mi. Yr oedd hi wedi rhedeg ymaith i fynd i'w phriodi gyda rhyw adyn diffaith, ar waethaf pawb. Dihangasant ymaith mewn llong awyr, a dilynasom ninnau ar eu holau. Wedi ymlid hir, collodd fy nghyfaill ei dymer, a phan ddaethom yn ddigon agos i'n llong wrth ben yr afon yna heddiw, gorchmynnodd fy nghyfaill danio arnynt yn ei wylltineb. Gwnaed hynny yn sydyn, heb ym wybod i mi, mewn gwirionedd. Gwyddoch pa beth a ddigwyddodd wedyn yn well na mi. Yn awr, dyma beth sydd arnaf ei eisiau gennych chwi—fy helpu i gael yr eneth a'i chymryd at ei thad. Rwyf ym deall fod y dynion oedd yn y llong awyr gyda hi wedi mygu. Does mo'r help am hynny. Wrth gwrs, gallasai hithau fod wedi mygu hefyd, oni bai ei bod, fel y dywedasoch, mewn rhyw lewyg neu rywbeth anghyffredin ar y pryd.

"Wrth gwrs, wrth gwrs," ebe Norman, yn awyddus ddangos ei allu a'i wybodaeth, ond ni chafodd fynd rhagddo, canys torrodd yr estron ar ei draws.

"Deuthum i yma i geisio gwybod sut yr oedd pethau yn sefyll," ebe'r estron, "a thrwy lwc anghyffredin, deuthum i o hyd i chwi. A ydych yn barod i'm cynorthwyo?"

"Wel," ebe Norman, "rwyf bob amser yn barod i wneud cymwynas â dyn mewn trallod, ac rwyf yn sicr fod eich cyfaill mewn trallod o dan amgylchiadau o'r fath—"

"O, ydi, wrth gwrs," ebe'r estron, "mae o yn naturiol iawn yn drallodus dros ben, a gweithred o garedigrwydd a dyngarwch fyddai ei helpu. Ni wiw i mi, wrth gwrs, sôn wrth ŵr bonheddig o'ch safle chi am dalu am eich gwasanaeth, ond rhaid i mi roi ar ddeall i chi ar y dechrau y bydd yn rhaid i chi ganiatáu i mi, ar ran y tad trallodus, roi rhyw rodd bach i chi fel cydnabyddiaeth am y gymwynas."

"Wel," ebe Norman, ym fawreddog iawn, "yr ydych, wrth gwrs, yn union yn eich lle wrth dybio na dderbyniwn i ddim tâl am wneud cymwynas. Am y gydnabyddiaeth gyfeillgar, wel, wrth gwrs, ni fyddai ond anghwrtais gwrthod arwydd o'r fath, ond cofiwch nad wyf yn disgwyl dim—rwyf yn unig yn rhoi fy ngwasanaeth i helpu dyn mewn trallod."

"Yn union felly," ebe'r estron. "Wel, sut y gwnawn ni? Gan eich bod chi yn adnabod y meddyg y mae'r eneth yn ei dŷ, hwyrach y gallwn ni fentro mynd ato fo a gofyn amdani? Neu hwyrach ei fod yn un o'r dynion anghyweithas hynny na fedrant gydymdeimlo â dyn mewn trallod—"

"Ie, wel," ebe Norman, "mae arnaf ofn mai un o'r rhai hynny ydyw Ap Rhys."

"Felly, rydych yn ofni mai ofer fyddai i ni fynd ato a gofyn am gael yr eneth?"

"Mae arnaf ofn na chydsyniai heb fynd drwy ryw ffurfiau cyfreithiol. Yn ôl cyfraith y wlad hon, rhaid cynnal cwest ar gyrff y dynion."

"Cwest ar y cyrff?" ebe'r estron.

"Wel ie, hynny yw, rhaid cynnal ymchwil i amgylchiadau marwolaeth y dynion, dyna yw ystyr cynnal cwest ar y cyrff."

"O, mi welaf. Wel, a fyddai rhyw anhawster oherwydd hynny?"

"O byddai, yn sicr."

"Pa fodd?"

"Wel, yn un peth, rhaid i'r eneth roi ei thystiolaeth gerbron y Crwner, sef y swyddog fydd yn cynnal y cwest."

"Wel, beth wedyn?"

"Wel, byddant yn lled sicr o fwrw yn y cwest fod y dynion wedi cyfarfod â'u marwolaeth drwy i'r rhai oedd yn y llong arall danio nwy gwenwynig atynt."

"Ie?"

"Felly, pe gwelent chi, a gwybod eich bod yn un o'r dynion hynny, byddent yn sicr o'ch cymryd i'r ddalfa, a'ch cyhuddo o ladd y dynion."

"Mi welaf. Felly, mae'n beryglus mynd at y meddyg yma?"

"Wel, dyna fy marn i."

"Pa beth a wnawn, ynte?"

"Wn i ddim yn siŵr. Arhoswch chi am funud. Gallem aros hyd nes bydd y cwest drosodd. Byddant yn debyg o adael i'r eneth wneud fel y mynno hi wedyn, ac ar ôl iddi hi wella, mi fuaswn yn meddwl. Os na wnâi hynny y tro i chi, gallech geisio ei chael cyn hynny rywfodd—"

"Dyna fuasai orau gennyf, er mwyn ei thad, wrth gwrs, am ei fod mor bryderus."

"Ie, mi welaf."

"A ellid ei chael, ynte, rywsut?"

"Wel, byddai raid ei chael heb yn wybod i'r meddyg, ynte."

"Byddai, mae'n siŵr. A allech chi fy helpu i?"

"Wel, er mwyn gwneud cymwynas â'r tad yn ei drallod, buaswn yn fodlon i geisio eich helpu."

"Diolch yn fawr! Gorau po gyntaf, ynte, os medrwch awgrymu rhyw ffordd."

"Gadewch i ni weld," ebe Norman, a dechreuodd ystyried. "Wel," ebe fe yn y man, "rwyf yn meddwl y gallem wneud, os yw Ap Rhys heb fod adref heno."

"Pa sut?" ebe'r estron yn awyddus.

"Wel, drwy anfon rhywun yno i dynnu sylw'r morwynion a rhywun arall i gael gafael ar yr eneth."

"O'r gorau. I'r dim! Gawn ni fynd, ynte?"

"Wel, gwell i ni fynd yn gyntaf i geisio gwybod a yw Ap Rhys adref ai peidio. Os yw adref, gellid anfon cennad i'w nôl i rywle at rywun. Er mwyn bod yn ddiogel, gallem roi gormod o ddiod i rywun, wyddoch, a nôl y doctor ato— mae'n hawdd ddigon cael un i yfed gormod."

"Ie, syniad da iawn. Sut y cawn ni wybod, ynte, a yw'r Dr. Ap Rhys adref?"

"O, hawdd ddigon. Gallwn yrru rhyw hogyn bach at y tŷ i ofyn a yw y meddyg i mewn, ac am ba faint y bydd i mewn. Ni wnâi neb amau hynny."

"Na wnâi, yn siŵr. Rwyf yn ddiolchgar iawn i chi am eich help. A gawn ni gychwyn?"

"O'r gorau. Pan fynnech."

Cododd y ddau, ac aethant allan gyda'i gilydd. Yr oedd erbyn hyn yn lled hwyr ac yn llwyd dywyll. Arweiniodd Norman y ffordd yng nghyfeiriad tŷ Dr. Ap Rhys, a chanlynodd yr estron yn araf ar ei ôl.

Yn y cyfamser, roedd Dr. Ap Rhys a Dr. Llwyd yn nhŷ Mrs. Fychan gyda Lewys Meredydd, fel yr oeddynt, erbyn hyn, yn ei alw. Pan aethant i fyny gyntaf, sylwodd Lewys Meredydd fod cryn nifer o bobl yn cerdded i fyny tuag Eglwys Llanbeblig, a gofynnod:

"I ba le y mae'r bobl yma oll yn mynd?"

"O, mynd i'r Eglwys," ebe Ap Rhys, "mae gwasanaeth heno."

"A yw deiliaid Eglwys Loegr, ynte, yn lluosog yma?" ebe Lewys Meredydd.

"Nid Eglwys Loegr mohoni mwyach, ond Eglwys Cymru," ebe Ap Rhys. "Nid oes neb heddiw yn meddwl mai diben Eglwys mewn gwlad yn bod yn rhyw fath o faich ar bobl, pa un bynnag a fynnont hynny ai peidio."

"O, onid yw hi mewn cysylltiad â'r Wladwriaeth, ynte?" ebe Lewys Meredydd.

"Nac ydyw," ebe Ap Rhys, "torrwyd cysylltiad Eglwys a Gwladwriaeth yng Nghymru hanner can mlynedd yn ôl, ac yna daeth pethau i'w lle. Cafwyd offeiriaid Cymreig trwyadl yn lle rhai yn erbyn pob peth Cymreig, a bu raid i'r giwed ddi-asgwrn cefn a fyddai yn difetha'r Eglwys gynt fynd i'w tagu, gan na fynnai'r bobl mohonynt."

"Diolch i'r drefn!" ebe Lewyd Meredydd. "Mae'n bosibl i Gymru fyw heb fod arno gywilydd dros ei bobl ei hun bellach, ac heb golli ei dymer a theimlo awydd cicio'r mân gorgŵn!"

Chwarddodd Ap Rhys a Dr. Llwyd, a dwedodd Dr. Llwyd fod yn Nghymru fân gorgŵn o hyd, "ond, fel mae'r gorau," ebe fe, "nid ydym yn eu gwneud yn esgobion, offeiriaid, athrawon, a phethau felly. Rydym yn eu gadael lle dylid gadael cynffonau."

"Oni fyddai well i ni fynd i'r gwasanaeth?" ebe Ap Rhys, "fel y gwelwch sut y mae pethau yn mynd ymlaen yn awr? Rwyf yn credu y bydd y gwasanaeth wrth eich bodd."

"O'r gorau," ebe Lewys Meredydd, "gadewch i ni fynd. Ni fyddwn i yn arfer mynd i'r Eglwys gynt am eu bod yn wrth-Gymreig, nac i'r capeli am eu bod yn rhy dueddol i ddynwared yr Eglwys. Sut mae hi yn y capeli erbyn hyn?"

"Does nemor lewyrch ar yr ychydig ohonynt y mae gwasanaethau ynddynt," ebe Ap Rhys, "canys mae pawb yn cytuno i gyd-addoli yn yr Eglwysi. Nid yw'n ofynnol i bawb gredu fel ei gilydd yn yr Eglwys: cewch fod yn aelod os byddwch yn credu fod Duw, ac os bydd eich buchedd yn weddus. Felly, mae pobl o bob math o farnau yn perthyn i'r un Eglwys, a'r cwbl yn cydweithio ym mhob amcan daionus."

Aeth y tri i'r gwasanaeth yn hen Eglwys Llanbeblig. Yr oedd yno gynulliad lluosog, ac aed drwy'r gwasanaeth yn urddasol ac effeithiol iawn. Sylwodd Lewys Meredydd mai'r ffurf wasanaeth a arferai Eglwys Loegr gynt a arferid, ond ei fod wedi ei newid mewn amryw bethau. Sylwodd hefyd fod rhai o'r Salmau a genid yn hŷn na'r cyfieithiad yr oedd ef yn gynefin ag ef, a chofiodd yn y man mai cyfieithiadau Dafydd Ddu Hiraddug oeddynt. Eglurwyd iddo ar ôl hynny gan Ap Rhys fod yr Eglwys yn arfer rhai o gyfieithiadau Dafydd Ddu am eu bod yn urddasol, ac i fesur yn ddolen rhwng yr Eglwys ddiweddar a'r hen Eglwys gynt.

Ar ôl gorffen y gwasanaeth, aeth y ddau feddyg gyda Lewys Meredydd i gael swper, a buont ill tri yn ymddiddan yn hir ar ôl hynny, ac yn egluro i Lewys Meredydd pa fodd y bu'r newid yn safle ac ystâd yr Eglwys.

Drwy hyn, pan aeth Norman Watson a'r estron at dŷ Ap Rhys, neu yn hytrach pan anfonasent hogyn bychan i ymholi, cawsant nad oedd y meddyg adref. Yna, cerddodd Norman rhag ei flaen at y tŷ, a'r estron gydag ef. Daeth un o'r morynion i'r drws atynt, a gofynnodd Norman pa bryd y byddai Dr. Ap Rhys yn debyg o ddyfod yn ei ôl. Dwedodd y forwyn wrtho na wyddai hi.

"Wel," ebe Norman, "rwyf wedi dyfod â'r gŵr bonheddig hwn—meddyg arbennig—yma ar gais Dr. Ap Rhys i weld y foneddiges sydd yma yn wael."

"Dowch i mewn," ebe'r forwyn.

Pennod VIII.

"Mae'n debyg mai aros a wnewch chi nes daw Dr. Ap Rhys yn ei ôl?" ebe'r eneth, ar ôl i'r ddau fynd i'r tŷ ar ei hôl.

"Wel, wn i ddim. Hwyrach na fyddai waeth iddo fo fynd i weld y foneddiges rhag blaen," ebe Norman, heb wybod yn dda pa beth i'w ddweud.

"O'r gorau, mi af i nôl y ddynes sydd yn edrych ar ei hôl hi," ebe'r eneth, ac ymaith â hi.

Edrychodd yr estron ar Norman a Norman ar yr estron. Nid oedd y naill na'r llall wedi meddwl am hyn. Y gwir oedd fod celwydd sydyn Norman wrth y forwyn—mai meddyg arbennig oedd yr estron—er ei fod wedi gwasanaethu i gael iddynt fynediad i'r tŷ, yn awr yn debyg o'u dwyn i drybini. Roedd y neb oedd yn edrych ar ôl yr eneth yn sicr o fod yn famaeth wrth ei galwedigaeth, ac felly, roedd yn lled sicr ei bod hi yn gwybod a oedd Dr. Ap Rhys yn disgwyl rhyw feddyg arbennig ai peidio. Heblaw hynny, gwelodd y ddau eu bod bron yn sicr o syrthio i ddwylo Ap Rhys ei hun. O leiaf, gwelodd Norman fod Ap Rhys yn sicr o ddyfod i wybod am ei ran ef yn y busnes, oherwydd roedd yn lled sicr fod y forwyn yn ei adnabod ef, ac y byddai iddi ddweud wrth y meddyg mai ef a ddug y "meddyg arbennig" yno, ar gais Ap Rhys ei hun, yn ôl ei stori ef. Teimlai Norman ei fod wedi gwneud camgymeriad mawr iawn, ond ar ôl ei wneud, nid oedd ond dal ati bellach. Am yr estron, yr oedd golwg fygythiol arno ef. Tybiai Norman ei fod yn edrych yn barod i unrhyw beth.

"Pa beth a wnawn ni yn awr?" ebe Norman.

"Wn i ddim," ebe'r estron, "ei chymryd fel y daw hi, mae'n debyg, bellach."

Gyda hynny, daeth y famaeth i mewn atynt. Edrychodd yn oeraidd arnynt, fel pe buasai yn amheus, ac yna gofynnodd:

"Eisiau fy ngweld i oedd arnoch?"

"Wel," ebe Norman, "na, eisiau gweld Dr. Ap Rhys mewn gwirionedd."

"Meddyg arbennig, onide?" ebe'r famaeth.

"Ie, siŵr," Ebe Norman.

"Wel," ebe'r famaeth, "ni chlywais i mo Dr. Ap Rhys yn sôn am alw neb, ac ni fuasai raid iddo chwaith, o ran hynny, gan fod ei gyfaill gydag ef, a phrin yr ymgynghorodd â hwnnw. Ond y fo ŵyr ei fusnes wrth gwrs—"

"Wrth gwrs," ebe Norman.

"Wel," ebe'r famaeth, "gan nad ydi'r eneth mewn perygl yn y byd, a bod Dr. Ap Rhys ei hun yn ei hystyried yn ddigon diogel i'w gadael dan fy ngofal i, rwyf yn meddwl mai'r peth gorau yw iddi fod dan fy ngofal i hyd nes daw ef adref."

"O'r gorau," ebe Norman.

Aeth y famaeth ymaith. Teimlai yn sicr fod rhywbeth o'i le ynglŷn â'r digwyddiad hwn. Nid oedd y "meddyg arbennig" wedi dweud gair ei hun, ac nid oedd Norman— roedd hi'n adnabod Norman o ran ei weld—wedi dweud cymaint â'i enw wrthi. Tybiodd fod Norman, hwyrach, dan ddylanwad diod, ond pam y gwnaeth Ap Rhys ddim â Norman, o bawb? Ni wybu hi erioed o'r blaen fod Ap Rhys yn arfer ymwneud dim â Norman, a buasai'n syn iawn ganddi ddeall ei fod.

Os oedd y famaeth yn teimlo'n anesmwyth, felly hefyd yr oedd Norman a'r estron. Edrychai y ddau ar ei gilydd yn anesmwyth. Mewn gwirionedd, roedd Norman druan yn hollol hurt, ac ni allasai mewn gwirionedd helpu neb yn y fath drybini. Yr oedd yr estron, sut bynnag, yn edrych yn benderfynol.

"Waeth i mi heb aros yma," ebe fe, "neu fe awn i fwy fyth o drybini. Canwch y gloch, cymerwch arnoch wrth y forwyn ein bod wedi gweld yr eneth, ac fe awn ymaith. Rhaid i mi roi cynnig arall arni."

"O'r gorau," ebe Norman yn hurt ddigon, fel un na wyddai ei hun pa beth i'w wneud, ond a oedd yn gwbl barod i wneud pa beth bynnag a ddwedai arall wrtho.

Canodd Norman y gloch, daeth yr un forwyn ag a'u derbyniodd i'r tŷ yno, awgrymodd Norman eu bod wedi gorffen eu busnes, ac arweiniodd yr eneth hwy allan o'r tŷ. Roedd hi erbyn hyn yn lled dywyll. Cerddodd y ddau ar hyd y llwybr oddi wrth y tŷ at y ffordd, ond yn sydyn, clywsant sŵn siarad.

"Dr. Ap Rhys a'i gyfaill!" ebe Norman yn ddistaw wrth yr estron. "Gwell i ni ymguddio."

Ciliodd y ddau yn ebrwydd y tu ôl i bren rhosyn oedd yn tyfu gerllaw. Y funud nesaf, agorwyd drws yn y mur, a daeth Dr. Ap Rhys a Dr. Llwyd i mewn gan siarad a'i gilydd, heb ddychmygu fod neb yn gwrando arnynt.

"Wel, ie," ebe Dr. Ap Rhys, "roeddwn wedi anghofio'r holl helynt. Ond mae hi yn siŵr o fod yn iawn dan ofal y famaeth."

"O ydi, mae'n siŵr," ebe Dr. Llwyd.

Aeth y ddau heibio, a dwedodd Norman yn ddistaw wrth yr estron pa beth oedd eu sgwrs. Aeth Norman a'r estron allan drwy'r drws yn y mur yn ddistaw.

"Rydym wedi colli cyfle da heno," ebe'r estron. "Rhaid aros. Cawn weld yfory pa beth i'w wneud. Ewch chi adref, af innau i chwilio am le i gysgu—"

"Dowch gyda mi," ebe Norman.

"Na, well i mi beidio. Rwyf wedi arfer â chysgu mewn pob math o leoedd. Gallaf wneud yn iawn pe bai raid imi gysgu ar lawr, o ran hynny. Dof i'ch gweld yn y bore, ac i ymgynghori rhagor â chi. Hyd hynny, nos dawch!"

"Wel, gan na ddowch chi ddim gyda mi ynte, er mor dda fuasai gen i gael yr anrhydedd, nos dawch!" ebe Norman.

Aeth Norman tua'r dref, a throes yr estron i'r cyfeiriad arall, gan gerdded yn araf heibio tŷ Dr. Ap Rhys.

Aeth Dr. Ap Rhys a'i gyfaill i'r tŷ, a synasant yn ddirfawr pan ddwedodd y forwyn wrthynt fod rhyw feddyg dieithr wedi bod yno gan ddweud fod Ap Rhys wedi ei wahodd.

"Pwy ar y ddaear oedd o?" ebe Ap Rhys.

"Roedd Norman Watson hefo fo, syr," ebe'r eneth. "Euthum i â hwy at y famaeth."

Aeth Ap Rhys rhag ei flaen at y famaeth a dechreuodd holi honno.

"Pwy fu yma?" ebe fe.

"Ni ddwedasoch chi wrthyf i fod neb i ddyfod," ebe'r famaeth.

"Naddo," ebe Ap Rhys, "am y rheswm gorau yn y byd na ofynnais i neb ddyfod."

"Wel," ebe'r famaeth, "daeth dau yma. Norman Watson oedd un o'r ddau, yn edrych mor hurt ag arfer. Rhaid i mi ddweud fy mod yn amheus iawn yn eu cylch. Ni siaradodd y 'meddyg arbennig' gymaint â gair. Dwedais y byddai'n well iddynt aros hyd nes doech chi yn ôl, gan nad oeddech wedi sôn wrthyf i fod neb yn dyfod, a chan fod yr eneth yn hollol dawel a diogel dan fy ngofal i."

"Gwnaethoch yn union yn eich lle," ebe Ap Rhys.

"Felly yr oeddwn i yn meddwl, sut bynnag," ebe'r famaeth. "Gadewais hwy, ac ni wyddwn i eu bod wedi mynd allan."

"O!" ebe Ap Rhys, "nid wyf yn meddwl fod dim o'i le yn y peth, mewn gwirionedd—o leiaf, ddim peryglus. Mae Norman druan yn ddigon diniwed. Daeth i'm cyfarfod heno ar yr heol a dechreuodd fy holi gyda'i haerllugrwydd arferol. Mae arnaf ofn fy mod wedi rhoi ateb go gas iddo. Meddwl dial arnaf drwy gael cyfle i weld a holi'r eneth ei hun a ddarfu iddo, rwyf yn siŵr, ond methodd yn yr amcan hwnnw, feddyliwn, fel y methodd ym mhob amcan a fu ganddo erioed, druan!"

"O, ai dyna'r cwbl?" ebe'r famaeth.

"Wel, dyna fel yr wyf fi yn meddwl, sut bynnag," ebe Ap Rhys, ac aeth gyda'r famaeth i weld yr eneth ddieithr. Roed hi yn cysgu'n naturiol, a gadawodd y meddyg a'r famaeth hi felly. Cyn hir, roedd pawb arall yn nhŷ Dr. Ap Rhys yn cysgu yn dawel.

Deffrowyd Dr. Ap Rhys yn gynnar fore drannoeth.

"Doctor! Doctor!" ebe'r famaeth wrth ddrws ei llofft. "Dowch i lawr rhag blaen os gwelwch yn dda!"

Cododd Ap Rhys yn ddi-oed, gan feddwl fod yr eneth ieuanc yn wael. Aeth rhag ei flaen i'r ystafell lle'r oedd hi. Erbyn cyrraedd yno, synnwyd ef yn aruthr weld y gwely yn wag, a'r famaeth yn sefyll wrth y ffenestr ac yn edrych yn hurt.

"Pa le mae hi?" ebe Ap Rhys.

"Pwy â ŵyr?" ebe'r famaeth. "Pan ddeuthum i mewn fore heddiw, synnais o weld y gwely yn wag. Edrychais o'm cwmpas a synnais fwy fyth o weld y ffenestr. Buasai'n well pe buasech yn fwy amheus neithiwr, doctor."

"Pa beth sydd ar y ffenestr?" ebe'r meddyg.

"Rhywun wedi bod drwyddi, fel y gwelwch," ebe'r famaeth.

Aeth Ap Rhys ati a gwelodd fod ysgol wedi ei dodi i bwyso ar y pared yn ymyl y ffenestr, ac yr oedd y ffenestr wedi ei hagor drwy dorri darn o'r gwydr i wneud lle i ddodi llaw drwodd. Nid oedd dadl nad drwy'r ffenestr yr aethai yr eneth allan, ond yr oedd yn eglur hefyd mai nid ohoni ei hun yr aethai.

"Glywsoch chi ddim sŵn o gwbl?" ebe Ap Rhys.

"Naddo," ebe'r famaeth, "cysgais yn dawel drwy'r nos, ond bûm yn edrych amdani dri o'r gloch y bore. Yr oedd yn cysgu'n dawel y pryd hwnnw, ac nid oedd dim o'i le hyd y sylwais i. Deuthum yma drachefn chwech o'r gloch, ac roedd hi wedi mynd. Rhaid ei bod felly wedi mynd rhwng tri a chwech o'r gloch y bore."

"Wel, pwy ar y ddaear aeth â hi?" ebe Ap Rhys, gan edrych yn syn ar y ffenestr.

"Rwyf fi yn amau y 'meddyg arbennig' hwnnw a fu yma neithiwr hefo Norman Watson," ebe'r famaeth.

"Tybed?" ebe Ap Rhys.

"Wel, golwg amheus iawn oedd arno fo sut bynnag, yn ôl fy meddwl i," ebe'r famaeth.

"Mi af i chwilio am Norman rhag blaen," ebe Ap Rhys, ac ymaith ag ef i alw ar ei gyfaill Dr. Llwyd i fynd gydag ef.

"Yr oedd ganddi," ebe fe, ar ôl dweud yr hanes wrth Llwyd, "hawl i fynd o'r tŷ yma pan fynnai, wrth gwrs, ond peth arall ydi fod rhywun wedi dyfod drwy'r ffenestr ganol nos a'i chario hi ymaith o'r gwely. Does bosibl ei bod hi wedi mynd o'i bodd felly, ac y mae'n ddyletswydd arnom geisio dyfod o hyd iddi."

"Wel, ydi yn siŵr," ebe Dr. Llwyd, "ac y mae'r dirgelwch hyn yn tewychu o hyd. Pa beth yr wyt ti am ei wneud?"

"Mynd at Norman rhag blaen, a'i orfodi o i ddweud pwy oedd y dyn hwnnw oedd gydag o neithiwr."

"Fedri di ei orfodi fo, wyt ti'n meddwl?"

"Cei weld," ebe Ap Rhys. "Tyrd yn dy flaen. Awn i chwilio amdano rhag blaen."

"Hwyrach ei fod yntau wedi mynd ymaith i ganlyn y lleill."

"Wel, cawn weld, o leiaf, drwy fynd i edrych. Na, nid wyf yn meddwl y buasai dyn digon clyfar i ddwyn yr eneth o'r tŷ acw ganol nos yn ddigon o ffŵl i chwanegu at ei lwyth bwysau mor ddi-werth â Norman Watson."

"Pam yr aeth o at Watson i ddechre ynte, tybed?" ebe Llwyd, gan ddifyrru ei hun drwy geisio cornelu ei gyfaill.

"Wel, pwy fedr ddweud? Ond gad i ni yn gyntaf wybod a yw Norman ar gael ai peidio."

Aeth y ddau ar eu hunion tua chartref Norman. Curodd Ap Rhys yn drwm ar y drws, a chyn hir cafodd wybod fod Norman adref ac yn ei wely.

"Galwch arno rhag blaen," ebe Ap Rhys, "a dwedwch wrtho fod arnaf fi, Dr. Ap Rhys, eisiau ei weld yn ddi-oed, ac mai ar ei berygl y gwrthyd ddyfod heb golli dim amser hefyd."

Pennod IX.

"Rwyf yn deall," ebe Ap Rhys wrth Norman Watson, "eich bod wedi galw acw neithiwr?"

"Do," ebe Norman, yn dra llwynogaidd ei olwg.

"A meddyg arbennig gyda chi, onide?"

"Ie."

"Wedi dŵad gyda chi ar fy nghais i fy hun onide?"

"Felly dwedodd o wrth y forwyn," ebe Norman.

"Rwyf fi yn dallt mai felly y dwedasoch chi," ebe Ap Rhys, "ac os maddeuwch i mi am ddweud yn eich hwyneb, mae'n haws gennyf gredu fy morwyn na'ch credu chi."

"Syr!" ebe Norman, "ddarfu i chi fy sarhau neithiwr, a dyma chi yn fy sarhau eto. Byddwch cystal â bod yn ofalus pa beth a ddwedoch."

"Rhown i'r cyngor hwnnw i chi," ebe Ap Rhys. "Yrŵan, cofiwch na fynna'i ddim rhagor o lol. Dywedasoch chi eich hun wrth fy morwyn i ac wrth y famaeth eich bod wedi dyfod â'r meddyg arbennig acw ar gais Dr. Ap Rhys ei hun. Wel, y fi ydi Dr. Ap Rhys, ac ni ofynnais i chi wneud dim o'r fath beth, fel y gwyddoch yn dda. Yn awr, atebwch fi rhag blaen, pwy oedd y 'meddyg arbennig' hwnnw?"

"Wn i ddim," ebe Norman yn gwta.

"Rhof un cyfle eto i chi," ebe Ap Rhys. "Wrth feddwl fod yn ddrwg gennyf weld dyn o'ch galluoedd a'ch safle chi wedi syrthio mor isel, rydych yn eich lle. Mae'n ddrwg gennyf drosoch, a gwyddoch yn dda y gwanwn unrhyw beth yn fy ngallu i'ch helpu i ennill eich safle yn ei ôl, pe bai modd dibynnu arnoch. Rwyf yn dweud yn blaen wrthych. Ond cofiwch hyn, ac rwyf yn ei ddweud yr un mor blaen eto—os nad atebwch fi rhag blaen, a dweud y gwir i gyd heb gelu dim, ni phetrusaf eich rhoi yn llaw'r awdurdodau. Yrŵan, gwnewch fel y mynnoch."

Edrychodd Ap Rhys yn graff arno, a bu Norman yn ddistaw am ennyd gan edrych yn graff yntau ar wyneb Ap Rhys.

"O'r gorau," ebe Ap Rhys, a throes i fynd allan o'r tŷ.

"Arhoswch," ebe Norman.

Ni chymerodd Ap Rhys sylw yn y byd ohono, ond cerddodd allan o'r ystafell.

"Hanner munud," ebe Norman.

Ni safodd Ap Rhys, ac ni wnaeth gymaint â throi ei ben.

Rhedodd Norman ar ei ôl i'r stryd, cydiodd yn ei fraich, a dwedodd,

"Dowch yn ôl gyda mi, a dwedaf y cwbl i gyd wrthych."

"Ar eich llw fel dyn, ynte?" ebe Ap Rhys.

"Ar fy llw fel dyn," ebe Norman.

Aeth y ddau yn ôl i'r ystafell, ac yno, dwedodd Norman yr hanes i gyd, fel y dwedwyd ef yma eisoes, heb gelu dim, o leiaf, heb gelu dim o unrhyw bwys. Hwyrach ei fod wedi rhoi ychydig gwell golwg ar y rhan a gymerodd ef ei hun yn y mater nag a ddylasai mewn gwirionedd. Eto, pan orffennodd efe ddweud yr hanes roedd Ap Rhys yn gwybod o leiaf gymaint ag a wyddai Norman ei hun am yr estron a'i fwriadau.

"Dyma fi, doctor," ebe Norman pan orffennodd, "wedi dweud y cwbl yn onest wrthych—rydych yn gwybod cymaint am y peth ag a wn innau."

"Nid wyf yn amau," ebe Ap Rhys, "ac yn ôl fy ngair, nid wyf am eich tynnu chi ymhellach i'r helynt os medraf beidio."

"Ond, syr, dwedasoch na roech mohonof yn nwylo'r awdurdodau os dwedwn i y gwir wrthych," ebe Norman.

"Nid wyf am eich rhoi," ebe Ap Rhys, "nid wyf am eich tynnu i'r busnes o gwbl, fel y dwedais, oni fydd rhaid.

Ond os bydd yn rhaid galw am eich tystiolaeth, fydd mo'r help am hynny."

"O, wel, diolch i chi, diolch i chi, doctor," ebe Norman. "Gaf i ofyn un peth i chi?"

"Cewch," ebe Ap Rhys.

"Wel, soniasoch y buasech yn barod i wneud unrhyw beth i'm helpu i ennill fy safle yn ôl—"

"Do. Wel?"

"Wel, a allaf fi ddibynnu ar hynny?"

"Gallwch, wrth gwrs, os gallaf fi ddibynnu arnoch chi. Cedwch eich hun yn sobr am hanner blwyddyn, a cheisiwch wneud rhywbeth—waeth beth, am y bo yn rhyw waith—ac yna, byddaf yn barod i wneud fy ngorau i chi."

"Diolch i chi, mi wnaf fy ngorau!"

"Cyn i mi fynd," ebe Ap Rhys, "rydych yn rhoi eich gair na wyddoch ddim am symudiadau'r estron ar ôl yr amser y gadawsoch ef?"

"Ydwyf, yn cymryd fy llw na wn ddim am ei symudiadau ar ôl hynny. Rwyf wedi dweud y cwbl yn fanwl wrthych."

"O'r gorau," ebe Dr. Ap Rhys, ac aeth ymaith.

Yn y papur newydd y bore hwnnw, darllenodd Dr. Ap Rhys, ymhlith newyddion tramor eraill, yr hanes a ganlyn:

> Mae cryn gyffro yn Mosco oherwydd fod geneth ieuanc, merch i fancwr o'r enw Griffinov, wedi ei dwyn oddi ar ei theulu a'i chludo ymaith mewn llong awyr, gan ŵr ieuanc o'r enw Petrov, disgynnydd, meddir, i'r hen deulu Ymherodrol gynt, a ddiorseddwyd adeg y Chwyldroad. Yn ôl yr hanes, yr oedd y gŵr ieuanc wedi ei gynnig ei hun i'r eneth a hithau wedi ei dderbyn. Yr oedd ei theulu, sut bynnag, yn ffyrnig yn

erbyn iddi wneud dim ag ef. Yn sydyn, collwyd yr eneth, ac er pob holi a chwilio, methid a dyfod o hyd i ddim o'i hanes, nes o'r diwedd i un o weision Petrov ddweud yn ei ddiod mai ei feistr oedd wedi ei dwyn a'i chymryd ymaith mewn llong awyr. Mae Griffinov a'i gyfeillion yn awr wedi hwylio mewn llong awyr i chwilio am y cariadon crwydr. Dywedir fod llong Griffinov wedi ei gwneud yn y dull gorau, a bod ynddi bob un o'r dyfeisiadau diweddaraf.

Yn nesaf at yr hanes uchod roedd adroddiad am ddigwyddiad y ddwy long awyr yng Nghaernarfon y diwrnod cynt, a'r nodiad a ganlyn gan y golygydd oddi tano:

Mae'n debyg iawn ar yr olwg gyntaf mai y ddwy long uchod yw'r llongau Rwsiaidd y mae sôn amdanynt yn y telegram o Mosco. Mae pob sicrwydd mai llongau tramor oedd y ddwy uchod, a dwedodd Dr. Gruffydd Ap Rhys wrth un o'n cenhadau mai Rwsiad yw'r eneth ieuanc a achubwyd o'r llong a ddinistriwyd.

"Welaist ti'r hanes yma?" ebe Ap Rhys, gan estyn y papur i Dr. Llwyd.

"Do," ebe Llwyd.

"Wel, pa beth a wnawn ni yrŵan?" ebe Ap Rhys, "a yw'n werth i ni wneud rhyw ymdrech i ddyfod o hyd i'r eneth?"

"Dylem wneud ymdrech, o leiaf," ebe Dr. Llwyd. "Wrth gwrs, nid oes sicrwydd wedi'r cwbl mai'r un rhai oedd y llongau yma a'r rhai y mae'r telegram o Mosco yn sôn amdanynt."

"Nac oes," ebe Ap Rhys, "er ei bod bron yn sicr mai e."

"Wel ydyw, ond hyd yn oed wedyn, does gennym ni ddim sicrwydd yn y byd fod y stori a ddwedodd yr estron wrth Norman Watson yn wir."

"Nac oes," ebe Ap Rhys. "Ar y cyfan, dylem wneud rhywbeth i geisio dyfod o hyd i'r eneth, fel yr wyt ti yn dweud, ond pa beth?"

"Wel, mae'n debyg mai gore po gyntaf i ni ymsymud. Dywed ti mai'r llongau yma o Mosco oedd y ddwy. Os felly mae llong y bancwr yn siŵr o fod yn disgwyl am yr estron yma yn rhywle, ac felly, ei amcan yntau fydd mynd a'r eneth gydag ef i gyrraedd y llong, lle bynnag mae hi."

"Ie, mae hynny'n siŵr," ebe Ap Rhys, "ond sut y medrwn ni orau gael gwybod ym mha le y mae'r llong?"

"Anfon di i bob tref drwy'r wlad yma am i'r plismyn gadw golwg ar yr hwylfeydd, ac ond odid na chlywn ni rhywbeth."

Wedi rhagor o siarad â'i gilydd, cytunodd y ddau sut i wneud, ac aeth Dr. Llwyd i roi hysbysrwydd i'r plismyn tra'r ydoedd Ap Rhys yn mynd i edrych am ei gleifion.

Pan oedd Ap Rhys yn barod i gychwyn allan, rhedodd cennad o dŷ Mrs. Fychan i mewn, yn erfyn arno fynd yno rhag blaen."

"Pa beth sydd o'i le?" ebe Ap Rhys.

"Wn i ddim," ebe'r gennad, "gofyn i mi ddyfod yma i'ch nôl chi rhag blaen ddaru nhw, heb ddeud beth oedd yn bod o gwbl."

"Mae'n debyg fod rhywbeth wedi digwydd iddo fo, druan," ebe Ap Rhys wrtho'i hun, â golwg syn, dosturiol ar ei wyneb.

Aeth rhag ei flaen i dŷ Mrs. Fychan. Cafodd hi mewn cyffro mawr. Yr oedd "Lewys Meredydd," fel y mynnai gael ei alw, ar goll!

"Ers pa bryd?" ebe Ap Rhys.

"Does neb ŵyr!" ebe Mrs. Fychan.

"Wel, pa bryd y gwybuwyd ynte?" ebe'r meddyg, braidd yn flin ei ysbryd.

"Pan euthum i i'w ystafell o y bore yma, ychydig funudau cyn i mi yrru amdanoch chi."

"Pa ffordd yr aeth o allan, ynte?" ebe Ap Rhys.

"Wel, wyddon ni ddim. Yr oeddem wedi codi er tua chwech o'r gloch y bore, fel arfer, ac wrthi fel y byddwn ni bob dydd, heb feddwl fod dim o'i le, wrth gwrs. Buasai'n hawdd iddo fynd allan drwy ddrws y ffrynt heb i neb ei weld na'i glywed o, ond roedd clo ar ddrws y ffrynt. Rhaid felly ei fod o wedi mynd allan drwy un o ddrysau'r cefn, ond ni welodd ac ni chlywodd neb mohono fo."

Ni wyddai Ap Rhys pa beth i'w wneud, ond er mwyn cysuro Mrs. Fychan, dwedodd:

"O, peidiwch â bod yn anesmwyth. Mae o'n sicr o ddŵad yn ei ôl cyn hir. Yr oedd o'n berffaith bwyllog neithiwr, a'i gymryd o fel Lewys Meredydd. Waeth i mi heb ddweud fy mod i yn deall yr achos, ond does gen i ddim amheuaeth yn y byd nad enaid Lewys Meredydd sydd ynddo fo. Mae o yn cofio pob digwyddiad ym mywyd hwnnw, ac nid yw yn cofio nac yn gwybod dim a ddigwyddodd ar ôl marwolaeth hwnnw. Wel, mae o'n ddigon tebyg fod hwnnw yn ei ddydd yn godwr bore. Os felly, mae'n lled siŵr y bydd yntau yn awr yn gwneud yr un fath. Mi ddaw yn ei ôl, yn siŵr i chi. Ond p'run bynnag a ydwyf yn iawn ai peidio, peidiwch chi â bod yn anesmwyth. Rhof rai ar waith i chwilio amdano rhag blaen—"

"O! Wnewch chi, doctor? Byddai'n dda iawn gennyf pe gwnewch, byddai'n wir, yn dda iawn hefyd!"

"O, gwnaf, wrth gwrs. Dylem wneud hynny hyd nes b'om yn sicr sut y digwydd pethau, o leiaf, Mrs. Fychan. Ond o'm rhan fy hun, nid wyf yn amau o gwbl na ddaw ef yn ôl cyn bo hir i chi, ac na fydd yn ymddwyn yn hollol ym mhopeth yr un fath ag y byddai Lewys Meredydd.

Dyna sydd yn naturiol i'w ddisgwyl, cyn belled ag y gwelaf fi oddi wrth y pethau a ddwedodd ef wrth Dr. Llwyd a minnau. Peidiwch â bod yn anesmwyth. Mi af rhag blaen i roi rhai i chwilio amdano."

"O, diolch yn fawr i chi, doctor," ebe Mrs. Fychan, gan edrych rhywfaint yn esmwythach ei meddwl.

Aeth Ap Rhys ymaith a galwodd gydag ychydig gyfeillion personol, gan egluro'n fyr iddynt pa beth oedd wedi digwydd a gofyn iddynt fod mor garedig a mynd i chwilio am Lewys Meredydd. Mewn gwirionedd, roedd Ap Rhys yn ofni y gallai fod rhyw ddrwg wedi digwydd iddo. Ni wybu ef erioed am achos tebyg o'r blaen, ac ofnai y gallai y digwyddiad lleiaf fod yn foddion i ddrysu meddwl y dyn, neu i'w daflu yn ôl i ryw gyflwr diymwybod tebyg i'r un y buasai ynddo ar hyd ei oes hyd nes dadebrodd mor sydyn.

Cychwynnodd cyfeillion Ap Rhys yma ac acw i chwilio am Lewys Meredydd, ac wedi iddo yntau fynd heibio ei gleifion gwaethaf, cychwynnodd Ap Rhys, a Dr. Llwyd gydag ef, i chwilio.

Bu'r ddau'n cerdded yn ddygn drwy'r bore, ond heb weld Lewys Meredydd na neb tebyg iddo, nac ychwaith gyfarfod neb a welsai ddyn yn ateb i'r disgrifiad.

Erbyn canol y prynhawn, roeddynt yn yr Eryri, ac yn disgyn dros war yr Aran i Gwm Ifan, pryd yn sydyn y safodd Dr. Llwyd.

"Weli di?" ebe fe.

"Beth?" ebe Ap Rhys.

"Dacw fo!"

Pennod X.

Pwyntiodd Dr. Llwyd â'i fys tua'r bwlch islaw, ac yno, gwelodd Ap Rhys ddyn yn cerdded tuag atynt.

"Ie, yn siŵr, y fo ydi o hefyd," ebe Ap Rhys, "mae o'n ddigon hawdd ei adnabod er ei fod yn bell. Well i ni alw arno!"

"Wn i ddim," ebe Llwyd. "Os ydi popeth yn iawn hefo fo, gallem alw, wrth gwrs. Ond tybia fod rhywbeth o'i le?"

"Ie, wrth gwrs, byddem yn sicrach o gael hyd iddo. Os oes arno eisiau dianc, mae yma le tan gamp iddo ymguddio yng nghoed yr Eryri yma."

"Oes, mae. Gwell i ni geisio cadw golwg arno cyhyd ag y gallwn, a mynd tuag ato."

"Ie, dyna'r peth gorau, yn siŵr."

Dechreuodd y ddau ddisgyn tua'r lle y gwelent Lewys Meredydd. Yr oedd yntau'n cerdded yn araf i'w cyfarfod hwythau. Rhyngddynt, sut bynnag, yr oedd llain o fforest yr Wyddfa—y coed a blannwyd ryw hanner can' mlynedd cyn hynny ar draul y Llywodraeth, ac a fu o werth dirfawr i'r wlad ar fwy nag un cyfrif ar ôl hynny. Po isaf y disgynnai Ap Rhys a Llwyd, nesaf yn y byd oeddynt i golli golwg ar Lewys Meredydd, a chyn hir, collasant olwg arno yn llwyr. Nid oedd y llain coed oedd rhyngddynt hwy a'r lle y gwelsent ef yn llydan iawn, ond yr oedd yn cydio wrth ddarnau eraill o'r fforest, fel y buasai yn anodd iawn os nad yn amhosib cael hyd iddo os byddai wedi mynd i mewn i'r goedwig a cherdded i ryw gyfeiriad drwy'r coed. Gobaith Ap Rhys a Dr. Llwyd ydoedd medru croesi drwy'r llain coed yn ddigon buan i gyfarfod Lewys Meredydd cyn iddo gyrraedd y coed, gan ei fod ef yn bellach oddi wrth y coed nag oeddynt hwy pan welsant ef gyntaf, a chan ei fod yn cerdded mor araf. Cawsant bron ar eu cyfer lwybr lled agored drwy'r coed, a cherddasant mor gyflym ag y gallent drwodd.

Cyraeddasant yr ochr arall i'r llain coed, ond nid oedd olwg am Lewys Meredydd yn unman.

"Rhaid ei fod wedi mynd i'r coed yn rhywle," ebe Dr. Llwyd.

"Hwyrach ei fod wedi ein gweld," ebe Ap Rhys. "Prin y buasai'n cyrraedd y coed o'n blaenau heb gerdded yn llawer cynt nag yr oedd."

"Ie, prin," ebe Dr. Llwyd, "well i ni weiddi ei enw fo ynte ar antur?"

"Waeth hynny," ebe Ap Rhys.

Gweiddasant amryw weithiau nes oedd y cerrig ateb yn diasbedain, ond nid oedd neb yn ateb. Cerddasant yma ac acw gan chwilio am ôl traed neu lwybr hwylus, ond nid oeddynt fymryn haws. Yr oedd Lewys Meredydd, os efe a welent, wedi llwyr diflannu. Yr oedd y gwres yn fawr a'r ddau gyfaill wedi blino ac yn sychedig iawn. Cerddasant drwy'r coed er mwyn cael cysgod haul, yng nghyfeiriad Nant Gwynant, gyda'r amcan o ddychwelyd neu fynd i ymofyn rhywrai eraill i chwilio'r coedydd o gwmpas. Yn eu blinder, eisteddodd y ddau ar fonyn coeden i orffwyso.

"Rydym wedi gwneud tro digon ffôl, crwydro o gwmpas fel hyn," ebe Ap Rhys.

"Do, digon ffôl yn siŵr," ebe Llwyd, "yn enwedig gadael iddo fo ddianc megis dan ein trwynau ni!"

"Ie, ond beth a all fod wedi digwydd ynglŷn â'r mater arall?"

"Pa fater arall?

"Ond yr eneth a dyn y llong awyr!"

"O! Ie, wrth gwrs. Yr oeddwn wedi anghofio am y mater hwnnw. Wel, ie, beth a all fod wedi digwydd? Helynt ofer, 'run fath â ni, tybed?"

"Nage, gobeithio! Ond wyddost ti beth, mae rhyw ddirgelwch braidd yn gas gen i ynglŷn â'r busnes yma o'r dechre—rhywbeth yn peri i ti deimlo dy fod di yn ymwneud megis â phethau na wyddost beth ydynt, ac a all ffrwydro yn dy ddwylo di, fel petai."

"Does bosib dy fod di yn ofergoelus?" ebe Llwyd, gan chwerthin yn galonnog.

"O, nac ydw," ebe Ap Rhys, "nac ydw, ond mi ddweda iti hyn—dydw i ddim mor sicr ag y bu ac mae llawer un ein bod ni yn gwybod y cwbl chwaith, ac nid wyf mor sicr mai ofergoeledd yw pob peth y mae pobl yn ei alw wrth yr enw hwnnw."

"Nage, mae'n siŵr, ond raid i ti ddim teimlo'n ofnus, fel tase—"

"O! Nid ofnus ydw i, ond fod rhywbeth fel pe bai'n dweud wrthyf fod llawer mwy yn y busnes yma nag ydym ni yn ei feddwl. Galw'r peth yn ddychymyg neu beth fynni di, dim gwahaniaeth gen i, ond rhaid iti gydnabod fod achos y dyn yma yn achos rhyfedd. Beth pe bai ti a minnau yn dweud yr hanes wrth ein cyd-feddygon? Beth a ddwedai y rhan fwyaf ohonynt?"

"Ein bod ni o'n cof neu ynte na chawsom ni ein haddysg yn yr un wlad â nhw!"

"Does dim dadl! Digon tebyg y buaswn ninnau yn dweud yr un peth pe buasai rhywun, cyn i ni wybod am yr achos hwn, yn dweud stori debyg wrthym."

"Wel, hwyrach y buasem yn dweud rhywbeth tebyg, ond o'm rhan fy hun, ni ddirmygais i addysg neb arall erioed. Mewn gwirionedd, gwn am rai heb ond hyfforddiant digon cyffredin, a llwyddiant digon cyffredin yn eu harholiadau hefyd, yn well meddygon o beth dirfawr na rhai wedi cael yr hyfforddiant gore ac wedi pasio yn gampus. Y gwir amdani ydi fod yn rhaid i ti gael awen i fod yn feddyg, fel i fod yn fardd neu gerddor—"

"Yn union felly, a pho fwyaf dy awen, tebycaf yn y byd a fyddet o fedru cael esboniad am yr achos hwn—a phob rhyw achos dyrys, o ran hynny."

"Ie, wrth gwrs. Hyd yn oed yn y gwyddorau manylaf, mae mwy yn dibynnu ar ddychymyg nag y mae neb yn ei feddwl na'i gydnabod. Mae iti ddychmygu y gelli di wneud peth agos cystal â hanner ei wneud o."

Aeth y ddau feddyg ymlaen i siarad fel hyn, ac yn fuan roeddynt mor ddwfn yn eu sgwrs fel na chlywsant sŵn rhywun yn dynesu atynt rhwng y coed. Yn wir, roedd Lewys Meredydd yn sefyll yn eu hymyl ac yn edrych arnynt ers peth amser cyn iddynt ei weld. Digwyddodd Ap Rhys droi ei ben, a gwelodd ef o'r diwedd."

"Fel mae byw fi! Dyma fo!" ebe Ap Rhys.

"Wedi'r holl chwilio!" ebe Dr. Llwyd.

"Beth oedd?" ebe Lewys Meredydd, yn ddidaro.

"O," ebe Ap Rhys, "wedi'ch colli chi yr oeddem, ac roeddem yn naturiol yn anesmwyth rhag ofn fod rhyw ddrwg wedi digwydd i chi wrth—wel, wrth fod pethau wedi newid cymaint er pan oeddech chi yn gynefin â hwy."

"Ydynt, maent wedi newid," ebe Lewys Meredydd, "ac eto maent yn debyg iawn. Digwyddodd rhywbeth rhyfedd iawn heddiw—"

"Ie, sut fu i chi fynd ar gerdded, a pheri cymaint o bryder i Mrs. Fychan a minnau, a'ch cyfeillion i gyd?" ebe Ap Rhys.

"Wel," ebe Lewys Meredydd, "rwyf yn hoff o godi yn fore a mynd allan. Gwnaethom hynny heddiw. Euthum o'r dre i'r wlad, heibio'r eglwys lle buom neithiwr. Cerddais yn lled bell, ac roeddwn ar fedr troi yn fy ôl er mwyn cael tamed o frecwast, pryd y gwelais rhywbeth a'm synnodd."

"Pa beth oedd hwnnw?" ebe Ap Rhys.

"Ysbryd," ebe Lewys Meredydd.

　　　　　　　　　　　　　　　　　T. Gwynn Jones

Edrychodd y ddau feddyg ar ei gilydd yn awgrymiadol, cystal â dweud eu bod yn deall pa beth oedd wedi digwydd, ac nad oedd mor syn ganddynt am hynny chwaith, erbyn meddwl am y peth.

"Ysbryd?" ebe Ap Rhys, "yn siŵr, does bosib fod dyn deallus fel chi yn creu mewn ysbrydion, Mr. Meredydd?"

"Syr," ebe Lewys Meredydd, "pam mae'n amhosib i ddyn deallus gredu mewn ysbrydion? Buaswn yn meddwl mai dyn deallus fuasai debycaf o gredu ym mhopeth y byddai ganddo ddigon o reswm dros gredu ynddo."

"Wel, ie, mae'n siŵr eich bod chi yn eich lle yn hynny o beth," ebe Ap Rhys, yn awyddus i beidio cyffroi Meredydd, "ond nid ydym yn deall ein gilydd—nid ydym yn rhoi 'run ystyr in hollol i'n geiriau, mae'n siŵr gen i. Er mwyn i ni ddyfod yn i ddallt y'n gilydd yn iawn, hwyrach y byddwch chi cystal, Mr. Meredydd, â dweud wrthym sut ysbryd a welsoch chi fore heddiw?"

"Dwedaf," ebe Lewys Meredydd. "Ysbryd merch ydoedd. Roedd yn rhedeg yn wyllt, a rhywun yn rhedeg ar ei hôl. Tybiais ar y cyntaf mai dynes o gig a gwaed ydoedd, a sefais i edrych arni yn rhedeg a'r dyn yn rhedeg ar ei hôl. Daeth heibio i mi, mor agos fel yr oeddwn yn medru gweld ei hwyneb yn eglur, ac yna, gwybûm mai ysbryd ydoedd. Rhedais innau ar ei hôl, a chwilio amdani yr wyf hyd nawr."

"Sut y gwybuoch mai ysbryd ydoedd, ac nid dynes o gig a gwaed?" ebe Ap Rhys.

"Gwelais ei hwyneb," ebe Lewys Meredydd, "ac adnabûm hi ar unwaith—"

"O, felly roeddech yn ei hadnabod cyn iddi farw, ynte?" ebe Ap Rhys, gan edrych yn dosturus ar Lewys Meredydd a throi ei olwg tuag at Dr. Llwyd.

"Pa beth a ddaeth o'r dyn oedd yn rhedeg ar ei hôl, ynte?"

"Wn i ddim," ebe Lewys Meredydd; "ni welais i mohoni wedyn, hynny yw, ar ôl i mi ddechrau rhedeg ar ei hôl hi fy hun."

"A ddarfu i chi sylwi sut ddyn oedd o?" ebe Dr. Llwyd.

"Naddo," ebe Lewys Meredydd, "ddim mwy nag mai dyn byr, pryd tywyll ydoedd."

"Felly," ebe Dr. Llwyd, "rhaid fod yr ysbryd yn ysbryd rhywun yr oeddech yn ei hadnabod yn lled dda cyn y buasech yn rhedeg ar ei hôl, Mr. Meredydd?"

"Ei hadnabod yn dda?" ebe Meredydd, "Oeddwn, yn ei hadnabod yn dda iawn. Collais hi lawer o amser yn ôl, a byddaf yn ei gweled weithiau, ac yn rhedeg ar ei hôl, ond ni ddeliais erioed mohoni. Ei cholli y byddaf bob amser, waeth pa faint a redaf, a dyma fi eto wedi ei cholli y tro hwn, er i mi ei chanlyn am filltiroedd, nes iddi ddyfod i'r coed yma."

Tawodd Lewys Meredydd, ochneidiodd, ac edrychodd o'i gwmpas yn brudd a thorcalonnus. Roedd y ddau feddyg y edrych arno mewn syndod, ac yn edrych ar ei gilydd bob yn ail. Roedd Dr. Llwyd yn cofio ac yn meddwl am y chwedlau a'r traddodiadau a glywsai am Lewys Meredydd yn hen ardal y gŵr hwnnw. Cofiai fel y dwedwyd wrtho y byddai Lewys Meredydd ar brydiau yn rhedeg ar draws y rhostir yn ymyl ei gartref, ac fel y byddai pobl yn ei glywed yn galw enw rhyw ferch. Er pob ymdrech o'i eiddo, sut bynnag, ni fedrai Dr. Llwyd yn ei fyw gofio'r enw, ac nid oedd chwaith yn hoffi dweud dim am y peth rhag ofn iddo gael rhyw effaith annisgwyliadwy ar y creadur hynod yr oedd ef, drwy ei gyfaill, wedi dod i gysylltiad ag ef. Roedd yn amlwg hefyd fod Ap Rhys yn methu â gwybod pa beth i'w ddweud na'i wneud. Bu distawrwydd am ysbaid, ac roedd Lewys Meredydd yn dal i edrych o'i gwmpas yn drist, ac fel pe buasai wedi anghofio pob peth am ei ddau gyfaill oedd yn eistedd wrth fôn y dderwen yn ei ymyl.

"Wel," ebe Ap Rhys yn sydyn, "gan eich bod wedi ei cholli hi, Mr. Meredydd, hwyrach mai'r peth gorau i chi yn awr yw dyfod gyda ni i rywle i gael tamed o fwyd. Mae'n siŵr eich bod yn flin a newynog iawn erbyn hyn, ar ôl bod wrthi yn rhedeg er mor gynnar y bore."

"Beth yr oeddech yn ei ddweud?" ebe Lewys Meredydd, gan droi yn sydyn ac edrych yn graff ar Ap Rhys.

Dwedodd Ap Rhys yr un peth drachefn, mewn dull mor berswadiol ag y gallai, gan edrych yn graff, yntau, ar Lewys Meredydd.

"Na," ebe Meredydd, "na, nid wyf fi am ddyfod i chwilio am fwyd yn awr."

"Pa beth ydych am ei wneud, ynte?" ebe Ap Rhys, gan geisio celu'r ychydig flinder oedd yn nhôn ei lais.

"Rwyf am fynd yn fy mlaen i chwilio hyd nes dof o hyd iddi," ebe Lewys Meredydd yn ddifrifol.

"A gaf fi ddyfod gyda chi?" ebe Dr. Llwyd, yn garedig ei dôn.

"Na", ebe Lewys Meredydd, "gwell gennyf fynd fy hun, diolch i chi." A chyda'r gair, troes Lewys Meredydd, a cherddodd ymaith drwy'r coed.

Pennod XI.

Edrychodd y ddau feddyg mewn syndod mawr ar Lewys Meredydd yn cerdded ymaith rhwng y coed nes mynd o'u golwg.

"Druan ŵr!" ebe Ap Rhys.

"Wyt ti'n meddwl ei fod o o'i bwyll?" ebe Dr. Llwyd.

"Wel, beth arall?" ebe Ap Rhys.

"Wn i ddim," ebe Llwyd, "ond wyt ti ddim yn cofio i mi ddweud wrthyt beth a glywais wrth holi ei hanes yn Nyffryn Clwyd, fel y dwedodd y dyn hwnnw wrthyf am y traddodiad sydd yn yr ardal amdano?"

"Ydw, rwyf yn cofio llawer o bethau a ddwedaist—pe bai ryw bwys i'w roi ar draddodiad, wyddost."

"Ond wyt ti ddim yn cofio y byddai pobl, yn ôl y traddodiad, yn ei weld weithiau yn rhedeg hyd y rhostir gerllaw ei gartref, ac yn galw enw rhywun—fedra'i yn fy mwy gofio'r enw—Gwenhwyfar, dyna fo!"

"Na, doeddwn i ddim yn cofio, fachgen," ebe Ap Rhys.

"Wel," ebe Llwyd, "mae'r traddodiad, a'r hyn a ddywedodd o wrthym, a'r hyn a welsom ac a wyddom amdano, i gyd hefo'i gilydd yn ddigon i awgrymu rhywbeth."

"Hwyrach eu bod, yn wir, erbyn meddwl," ebe Ap Rhys yn ystyriol. "Beth yw dy feddwl di?"

"Does gen i ddim syniad o gwbl, ond y gallai fod mai'r un peth sy'n peri i hwn gerdded a chwilio heddiw ag a fyddai'n peri i Lewys Meredydd redeg a galw ar rywun ers talwm."

"Ie, hwyrach mai e—yn wir, mae bron yn siŵr, erbyn meddwl."

"Pe buaswn wedi medru cofio'r enw," ebe Llwyd, "buaswn wedi ei grybwyll, er mwyn cael gweld pa effaith a fuasai yn ei gael arno, ond ni fedrwn yn fy myw ei gofio, ac yn wir roedd arnaf beth ofn rhag i mi ei darfu drwy sôn dim am y traddodiad a glywsom."

"Yr wyt yn gymhwysach i ymwneud ag ef na mi, Llwyd," ebe Ap Rhys, "mae gennyt fwy o ddychymyg."

"A llai o wybodaeth a phrofiad," ebe Llwyd, gan chwerthin.

"Ti sy'n dweud hynny," ebe Ap Rhys, "ond o ddifri rŵan, beth a wnawn ni? Dyma ni wedi gadael iddo fynd eto."

"Ie, ond does bosib ei fod ymhell. Dos di adref, a gad fi i chwilio amdano eto. Rwyf yn meddwl y medraf wneud hefo fo os cai hyd iddo, ac os na chychwynnaf rhag blaen, mae perygl iddo fynd ar goll eto."

"Wel, mae'n gas gen i rhoi cymaint o drafferth i ti."

"Dim trafferth o gwbl, was," ebe Llwyd, "yn wir, mae'n dda gen i gael rhywbeth dipyn yn anghyffredin fel hyn i'w wneud, gan fy mod wedi blino ar fy ngorchwylion cyffredin, wyddost."

"Wel, diolch i ti. Rhaid i mi fynd i ofalu am fy nghleifion; onide, ni chawset aros ar dy ben hun. Dwedaf wrth Mrs. Fychan ein bod wedi gweld Meredydd, ac y byddi di ac yntau yn debyg o ddyfod adref cyn bo hir."

"Ie, gelli ddweud hynny, mae'n siŵr," ebe Dr. Llwyd, ac ar hynny, ymwahanodd y ddau gyfaill. Aeth Ap Rhys tua'r ffordd adref ac aeth Llwyd ar ôl Lewys Meredydd drwy ganol y ffordd.

Bu Dr. Llwyd yn crwydro'n hir drwy cysgodion dyfnion y goedwig, ond ni welodd olwg ar Lewys Meredydd er pob dyfal chwilio. Cyn hir, dechreuodd y cysgodion ddyfnhau a dyfnhau. O dan y coed a'r brigau tewaf roedd yn dywyllwch eisoes. Weithiau, deuai y teithiwr i lannerch dipyn mwy agored yng nghanol y coed. Edrychai i fyny a gwelai'r awyr fry yn tywyllu o hyd.

Roedd y nos yn dyfod, ac yntau bellach yn rhywle yng nghanol coedwig fawr Eryri. Daliodd i gerdded ymlaen, er na wyddai ar y ddaear i ble roedd yn mynd. Yr oedd erbyn hyn yn ei feio ei hun am siarad cyhyd ag Ap Rhys cyn cychwyn ar ôl Lewys Meredydd, canys yr oedd bellach yn ddigon sicr nad oedd ond siawns iddo ddyfod o hyd i'r gŵr hwnnw. Roedd cynifer o lwybrau yn y goedwig, a hwyrach ei fod ef yn cerdded i un cyfeiriad a Lewys Meredydd yn cerdded i gyfeiriad arall, a phob cam a roddai y naill a'r llall yn eu dwyn ymhellach oddi wrth ei gilydd. Eto, dal i gerdded yr oedd Dr. Llwyd. Nid oedd arno ofn bod yn y goedwig. Yn wir, roedd braidd yn dda ganddo gael y cyfle i dreulio noswaith allan yng nghanol gwylltineb natur, ymhell oddi wrth ddyn a'i dai a'i gyfleusterau di-ri.

Felly, cerddodd a cherddodd y meddyg hyd nes aeth yn rhy dywyll iddo weld yn eglur o'i flaen. Yna safodd yn flinedig, chwiliodd am le cyfaddas dan gysgod pren, a gorweddodd i lawr i gysgu. Cysgodd yn drwm, a breuddwydiodd lawer o bethau, ac ni ddeffrodd hyd nes oedd goleuni'r wawr gynnar yn saethu ei belydr i lawr i ganol y coed, ac yn ymryson â'r gwyll dan y canghennau trwchus.

Deffrodd Dr. Llwyd yn sydyn. Teimlodd ei fod wedi gorffwys yn drwyadl fel pe buasai wedi cysgu dyddiau, a deffrodd yn hollol, ac heb deimlo'r awydd lleiaf i fynd i gysgu drachefn, fel y byddai'n teimlo'n aml.

"Yn siŵr," ebe'r meddyg wrtho'i hun, "mae llawer i'w ddweud dros y bobl sy'n cysgu allan yn yr haf!"

Meddwl yr oedd am bobl oedd yn dysgu fod yn fuddiol i ddyn gysgu yn yr awyr agored bob pryd y gallai. Yr oedd y meddygon bron i gyd, wrth gwrs, yn cydweld â'r ddysgeidiaeth, ond yn cymell pobl i fod yn ofalus wrth wneud hynny, ac yn dweud mai'r dull gorau oedd

cael rhyw fath o gysgod uwchben, megis pabell, rhag
ofn glaw a gwlith. Roedd cefnogwyr y cysgu allan, sut
bynnag, yn gwneud y peth yn fympwy i fesur, ac yn
cysgu allan heb gysgod yn y byd yn yr haf, lawer
ohonynt.

Fel yr oedd Dr. Llwyd yn meddwl am y pethau hyn,
yn sydyn, clywodd sŵn, fel pe buasai rywun yn rhedeg
drwy'r coed, heb fod ymhell oddi wrth y lle yr oedd ef
yn eistedd dan gysgod y pren canghennog, lle buasai'n
cysgu. Gwrandawodd yn astud a chlywai y sŵn yn mynd
ymhellach, bellach. Cododd ar ei draed, ac aeth yng
nghyfeiriad y sŵn, gan edrych yn fanwl o'i gwmpas a
gwrando yn ddyfal o hyd. Cyn hir, gwelodd ryw lwyn
cyll yn crynu, a'r funud nesaf ymsaethodd carw ieuanc
heibio iddo fel mellten, a diflannodd rhwng llwyni eraill
gerllaw.

Edrychodd y meddyg yn siomedig. Yr oedd yn rhyw
lled ddisgwyl gweld Lewys Meredydd yn dyfod i'r golwg.

Erbyn hyn, roedd y meddyg yn newynog iawn, gan
ei fod heb gael tamaid o fwyd ers bore'r diwrnod cynt.
Ni wyddai pa le i gael tamaid, canys, mewn gwirionedd,
nid oedd ganddo'r syniad lleiaf ym mha le yr ydoedd na
pha faint o bellter oedd rhyngddo â'r tŷ nesaf ato. Gallai
fod yn crwydro drwy'r dydd cyn dyfod yn agos at dŷ, ac
yn sicr byddai newyn wedi gorfod arno ymhell cyn
hynny.

Safodd y meddyg a dechreuodd chwilio ei logellau
yn fanwl o un i un, fel pe buasai'n meddwl y gallai fod
yno rywbeth a fuasai'n torri ei newyn. Chwiliodd boced
ar ôl poced, ond yn ôl pob golwg yn ofer, hyd nes daeth
at yr olaf oedd ganddo i'w chwilio. Yn honno, cafodd
yr hyn yr oedd yn ei ddisgwyl. Pibell fechan o wydr
ydoedd, cyhyd a chyn ffyrfed* â bys bach dyn, a'r ddau

---

* *Ffyrf:* cryf, cadarn.

ben wedi eu selio yn fanwl. Daliodd y meddyg y tiwb rhyngddo a'r goleuni, yna, fel pe buasai wedi bodloni ei hun pa beth ydoedd, tynnodd ei gyllell o'i logell, trawodd belen fechan oedd ar un pen i'r tiwb gwydr ymaith, a sugnodd ei gynnwys yn araf. Wedi iddo orffen gwneud hynny, roedd y meddyg yn barod ar gyfer diwrnod o gerdded neu o unrhyw galedwaith arall.

Pan aeth Lewys Meredydd ymaith oddi wrth y ddau feddyg yn y coed y noswaith gynt, y peth oedd uchaf ar ei feddwl oedd awydd cael bod ar ei ben ei hun. Teimlai fod y meddygon, yn enwedig Ap Rhys, yn meddwl ei fod ef o'i bwyll wrth sôn am ysbryd. Nid oedd arno eisiau ffraeo â'r meddygon, cans hwy oedd yr unig gyfeillion a feddai, ac nid oedd arno eisiau ceisio egluro pethau a dweud ei hanes wrthynt chwaith. Pan welai hwy yn unig, a phan siaradai â hwy, neu rywrai eraill o ran hynny, yr oedd yn medru cadw ar gof bob amser oedd ym mha le oedd yn byw a than ba amgylchiadau. Pan fyddai ar ei ben ei hun, byddai yn anghofio, fel rheol, y pethau a ddwedasai y meddygon wrtho, sef fod Lewys Meredydd wedi marw ers can mlynedd, ac yn y blaen felly. Ar ei ben ei hun, byddai yn byw ac yn meddwl yn union fel yr oedd yn cofio gwneud gynt, ac yr oedd yn well ganddo hynny na cheisio deall ac egluro iddo ef ei hun pa fodd y digwyddodd iddo beth mor ryfedd â dyfod yn ymwybodol a chael ei hun, fel yr ydoedd, gan mlynedd ar ôl claddu'r gŵr yr oedd ei ymwybod yn dweud wrtho mai ef ydoedd.

Felly, aeth Lewys Meredydd ymaith oddi wrth y meddygon, gan benderfynu chwilio am yr eneth y byddai ef gynt yn gweld ei hysbryd, ac y rhedodd gymaint at ei hôl ar hyd y rhostir gynt gan geisio gwybod ei chyfrinach. Cerddodd yn gyflym, yn wir, rhedodd, hyd lwybr gweddol glir drwy'r coed am bellter mawr. Felly y collodd y ddau feddyg bob golwg arno.

Crwydrodd yntau ymlaen ac ymlaen hyd nes daeth yn
nos, ac yn ei flinder, gorweddodd i lawr dan gysgod y
coed i gysgu megis yr oedd Dr. Llwyd yn gwneud tua'r
un adeg ac, mewn gwirionedd, heb fod ymhell iawn
oddi wrtho, er na wyddai'r naill na'r llall mo hynny. Ond
er main ei ludded, ni fedrai Lewys Meredydd gysgu.
Roedd ei feddwl yn rhy effro.

Bu'n gwrando'n hir ar sŵn yr awel ysgafn yn suo
drwy'r coed, sŵn trist, fel ochenaid hir rhyw fod aruthr
megis trwy ei hun. Yna, gwrandawai ar y distawrwydd
dwfn, distawrwydd a barai iddo ddal ei anadl,
distawrwydd mor drwm â phe buasai popeth wedi marw.
Parhaodd y distawrwydd hwn yn hir, mor hir fel y
meddyliai Lewis Meredydd ei fod yntau wedi marw, a
cheisiai o hyd ymysgwyd i brofi ai byw ai marw ydoedd.
Gyda hynny, clywai sŵn yn yr awel yn dyfod drachefn,
yn dynesu'n nes, nes, yn pasio uwch ei ben, ac yn
cerdded ymlaen, ymlaen nes darfod yn y pellter. Ac yna,
daethai'r distawrwydd drachefn.

Yn agos i'r fan lle'r oedd ef yn gorwedd, yr oedd
llannerch fechan agored yn y coed. Yr oedd ychydig
oleuni llwyd yn disgyn i lawr rhwng y coed ar y
llannerch honno, ond o dan gysgod y canghennau ym
mhob man yr oedd yn dywyll iawn.

Edrychodd Meredydd ar y llannerch agored draw, a
gwyliodd gysgodau'r canghennau oedd i'w gweld yno
pan fyddai'r awel yn eu crynu. Roedd dylanwad
breuddwydiol y lle a'r awyr yn cael effaith arno yntau yn
araf, a theimlai ryw syrthni yn dyfod drosto yn raddol,
fel llanw y môr yn dyfod yn uwch, uwch. Yr oedd cwsg
yn dyfod. Ychydig cyn hynny, roedd Lewys Meredydd
yn awyddus am gael cysgu. Naw, cawsai ei hun yn
ymladd yn erbyn cwsg. Ni wyddai pam, ond yr oedd
ynddo ryw reddf fel pe buasai'n peri iddo ei gadw ei hun
yn effro.

Teimlai ei ên yn disgyn ar ei fynwes a'i lygaid yn cau. Yr un funud, tybiai ei fod yn clywed rhyw sŵn yn agos ato, fel pe buasai rhywun yn ymwthio drwy'r coed mân a'r drain. Cododd ei ben yn sydyn, agorodd ei lygaid yn llydain, a syllodd ar y llannerch llwyd-olau o'i flaen.

Gwelodd ffurf fenywaidd mewn gwyn yn llithro ar draws y llannerch.

Pennod XII.

Pan welodd Lewys Meredydd y ffurf fenywaidd mewn gwyn yn croesi ar draws y llannerch agored yn y coed, teimlodd ryw ias yn mynd drwyddo, a rhyw filoedd o syniadau annelwig fel petaent yn rhuthro drwy ei feddwl, yn naill ar ôl y llall, gyda chyflymder annirnadwy. Roedd ei galon yn curo'n wyllt, a'i anadl yn fân ac yn fuan. Neidiodd ar ei draed, a gweiddodd, "Gwenhwyfar!" nes oedd y coed yn diasbedain.

Nid atebwyd ef, ond gan y garreg ateb oedd ar odre'r Lliwedd, a gwelodd yntau y ffurf yn troi ac yn ffoi. Gyda chyflymder y fellten, troes yntau, a dilynodd y ffurf drwy'r coed, gan weiddi "Gwenhwyfar!" yn awr ac eilwaith, gyda llais tyner, erfyniol, hyd yn oed cwynfanus. Yn y gwyll, dan gysgod canghennau'r coed, prin oedd ef yn gweld y ffurf, ond yr oedd yn ddigon agos ati, ac yn cadw mor agos ag y gallai o hyd.

Ymddangosai iddo ef megis pe buasai yn cerdded drwy ryw neuaddau mawrion tywyll, rhwng muriau uchel, hyd lawr anwastad ond meddal, a'r ffurf yn parhau i gerdded yn gyflym o'i flaen o hyd, fel pe buasai'n ei ddenu i gyfarfod rhyw dynged anhysbys. Nid oedd ganddo ofn; yn wir, prin y teimlai un peth ond awydd dilyn y ffurf: ni allasai beidio â gwneud hynny pe buasai raid iddo wynebu angau sicr wrth fynd yn ei flaen. Yn fuan, aeth popeth o feddwl Lewys Meredydd ond yr un syniad hwn, fod yn rhaid iddo, pa beth bynnag a ddigwyddai iddo, ganlyn y ffurf a'i dal os gallai. Nid oedd ac ni fu dim arall erioed yn ei hanes ef yn bwysig; nid oedd dim arall yn hanes y byd o'r pwys lleiaf iddo ef. Hynny oedd ei unig amcan, ac roedd yntau yn barod i ddal ato pa beth bynnag a ddigwyddai iddo wrth wneud hynny.

Yn sydyn, disgleiriodd rhywbeth gloyw fel mellten o flaen llygaid Lewys Meredydd, nes peri iddo golli golwg ar y ffurf yr oedd yn ei ganlyn. Bu ei lygaid am ennyd heb gynefino â'r llewyrch, ond yn fuan, gwelodd y ffurf o'i flaen drachefn, ond ei fod erbyn hyn yn ddu, ac i'w weld yn eglur yn erbyn cryn ehangder, o rywbeth yn llewyrchu'n loyw yng ngoleuni'r sêr.

Heb sefyll i geisio dyfalu pa beth oedd yr ehangder gloyw, canlynodd Lewys Meredydd y ffurf, oedd yn symud yn gyflymach erbyn hyn, a dododd ei law fel capan i'w lygaid, gan syllu'n graff o'i flaen. Roeddynt yn dyfod allan o gysgod y coed, a gwelodd Lewys Meredydd mai llyn helaeth oedd yn ymestyn o'u blaenau. Wedi cael allan o'r coed, cyflymodd y ffurf ymlaen, yn union at y llyn. Gwnaeth Lewys Meredydd yr un modd. Gwelai fod y ffurf yn mynd yn union at y llyn. Nid oedd dŵr yn berygl yn y byd i ysbryd, wrth gwrs—ac roedd Lewys Meredydd yn sicr mai ysbryd oedd y ffurf—ond er y cwbl, teimlai Lewys ryw ias yn mynd drwyddo wrth weld y ffurf yn dynesu at fin y llyn. Rhedodd ymlaen cyn gyflymed ag y gallai, ac roedd yn mynd i weiddi pryd y clywodd sŵn y dŵr yn trochioni.

Y funud nesaf roedd Lewys Meredydd yn sefyll ar graig ychydig droedfeddi uwchlaw wyneb y dŵr, ac yn edrych ar y ffurf yn y dŵr.

Heb golli eiliad o amser, neidiodd Lewys Meredydd ar ei ben i'r dŵr, gyda'r amcan o achub y ffurf, pa beth bynnag ydoedd. Suddodd i'r dŵr wrth ei bwysau a'i gwymp, ond pan ddaeth i'r wyneb, sylwodd fod y ffurf yn nofio yn hoyw brysur ar draws y llyn i'r ochr bellaf!

Heb golli mymryn o amser, nofiodd yntau ar ei hôl drachefn, cyn gyflymed ag y gallai. Roedd y lloer yn tywynnu erbyn hyn, a throchion y dŵr wrth i'r ddau nofiedydd rwygo drwyddo yn disgleirio fel gemau yn ei goleuni. Roedd y garreg ateb hyd yn oed yn dynwared sŵn y nofio.

Roedd Lewys Meredydd yn nofio yn rhagorol, fel pe buasai yn hen feistr ar y gamp. Buasai Mrs. Fychan yn synnu'n arw ei weld, yn wir, buasai'n syn ddigon gan Ap Rhys a Dr. Llwyd ei weld yn nofio mor fedrus er na fu ei gorff erioed o'r blaen yn y dŵr. Ond er cystal nofiwr oedd Lewys Meredydd roedd y ffurf yn cadw ar y blaen iddo, a chyrhaeddodd lan bellaf y llyn rai munudau o'i flaen.

Wedi cyrraedd y lan bellaf, safodd y ffurf, troes, ac edrychodd yn ôl ar Lewys Meredydd yntau yn nofio'n egnïol tua'r lan.

Cyrhaeddodd Lewys Meredydd y lle bas. Cododd ar ei draed i gerdded i'r lan.

Roedd y ffurf yn parhau i gerdded o'i flaen o hyd ac yn cyrraedd y coed yr ochr honno i'r llyn. Ochneidiodd Lewys Meredydd yn drist, a galwodd drachefn yn druenus ei lais: "Gwenhwyfar! Gwenhwyfar!"

"Gwenhwyfar! Gwenhwyfar!" ebe'r eco mor groyw ac mor gryf nes tybiodd Lewys Meredydd mai'r ffurf oedd yn ei watwar, ond tybiodd hefyd glywed rhyw sŵn arall, fel pe buasai rhywun wedi llefaru rhywbeth, ond nid yn ddigon uchel iddo ef ddeall pa beth ydoedd. Sŵn llais dynol ydoedd er hynny, yn siŵr. Wrth wrando, arafodd Lewys Meredydd, a sylwodd fod y ffurf yn y dillad gwynion hefyd wedi sefyll ar dipyn o godiad tir gyferbyn ag ef. Safodd yntau.

"Gwenhwyfar!"

Llefodd Lewys nid yn uchel ond yn groyw a chlir ddigon.

"Gwenhwyfar!"

Atebodd yr eco yr un mor groyw a chlir, ond yr un pryd bron, clywais Lewys sŵn llai arall.

"Pam rydych yn fy ymlid?" ebe'r llais, ac nid oedd amheuaeth o gwbl nad oddi wrth y ffurf yr oedd y llais yn dyfod.

"Nid eich ymlid wyf. Onid ydych yn fy adnabod?" ebe Lewys.

"Eich adnabod?" ebe'r llais. "Nac ydwyf. Pwy ydych?"

"Lewys Meredydd."

"Pwy yw Lewys Meredydd?"

"Onid ydych yn fy nghofio?"

"Nac ydwyf."

"Pwy, ynte, ydych chi?"

"O, rwyf mewn perygl!"

"Pa berygl?"

"Ni allaf ddweud wrthych yn awr."

"A allaf fi eich helpu rywsut, ynte?"

"O! A wnewch chi?"

"Gwnaf, yn sicr, os ydych mewn perygl."

"O, ydwyf!"

Cychwynnodd Lewys Meredydd tuag ati. Benyw ydoedd, wrth gwrs. Roedd ei ffurf a'i llais yn dangos hynny. Cyrhaeddodd Lewys i'w hymyl, ac yna safodd ac edrychodd yn graff arni am rai munudau. Yna, sibrydodd, megis wrtho'i hun, yn drist iawn: "Mor debyg!"

Yna estynnodd Lewys ei law iddi. "Os ydych mewn perygl," ebe fe, "gwnaf fy ngorau i'ch helpu, ond i chi ddweud wrthyf pa beth y gallaf ei wneud."

"Dwedaf, yn rhydd," ebe hithau, "ond i mi gael lle diogel yn gyntaf."

"Dowch, ynte," ebe Lewys, gadewch i ni fynd i chwilio am le diogel, fel y cewch ddweud wrthyf pa beth y medraf ei wneud i chi."

Aeth y ddau yn eu blaenau i'r coed. Fel yr oeddynt hwythau yn diflannu yn y cysgodion, daeth dyn i'r golwg o gysgod llwyn bychan heb fod ymhell o'r fan lle safai Lewys Meredydd pan oedd yn siarad â'r eneth gyntaf.

Os oedd y dyn yno pan oedd y ddau'n siarad, gallasai glywed y cwbl a ddwedwyd yn hawdd. Dyn gweddol fyr a thew ydoedd. Edrychodd yn graff ar y ddau fel yr oeddynt yn mynd o'r golwg, ac yna cychwynnodd yntau ar eu holau, gan gerdded yn ofalus a gochelgar.

Roedd y wawr erbyn hyn yn torri ac roedd Dr. Llwyd wedi cyrraedd y ffordd a cherdded ar ei hyd i gyfeiriad y llyn. Nid oedd ganddo amcan i ba le yr oedd yn mynd, canys roedd yr ardal y ddieithr iddo. Ei amcan, pe gallasai rywsut gael gwybod pa ffordd i fynd, oedd dychwelyd at Ap Rhys, gan fod ei gynnig i aros ar ôl a chwilio am Lewys Meredydd wedi troi yn fethiant mor druenus. Teimlai bellach mai cwbl ofer oedd iddo chwilio rhagor am y gŵr coll; gallasai ar ddamwain hwyrach ddod o hyd iddo, ond yr oedd yn llawer iawn tebycach o fethu. Rhywbeth tebyg i chwilio am bin mewn tas wair, chwedl yr hen air, yn wir, oedd i un dyn, a hwnnw hefyd yn ddyn dieithr, fynd i chwilio am un arall yng nghanol y fforest fawr. Barnai Dr. Llwyd mai y peth doethaf o lawer oedd iddo ef ddychwelyd at Ap Rhys ac iddynt gael digon o ddynion rhag blaen i ymosod ar y gwaith o chwilio'r coed o'u cyrrau. Byddant felly yn sicr o ddyfod o hyd i Lewys Meredydd, os oedd o hyd yn y coed, a hynny yn y ffordd gyntaf yn bosibl.

Gyda'r amcan hwn mewn golwg, roedd Dr. Llwyd wedi chwilio a chwilio a chael hyd i'r ffordd o'r diwedd, ac roedd yn benderfynol o gerdded ar hyd honno hyd nes deuai i gyfarfod rhywun neu ddyfod o hyd i dŷ neu rywbeth, fel y cawsai wybod pa ffordd i fynd yn ei ôl i'r dref. Cerdded yn ei flaen yn frysiog gyda'r amcan hwnnw yr ydoedd, pryd yn sydyn, y gwelodd rywun yn croesi'r ffordd ac yn mynd yn ei flaen tua'r coed, ryw ychydig ddegau o lathenni o'i flaen. Gweiddodd Dr. Llwyd arno, gan ddisgwyl y buasai'r dyn yn ei aros, ond yn hytrach, cyflymu a wnaeth y dyn, ac roedd ar ychydig gamau o'r golwg rhwng canghennau deiliog y coed.

"Hwyrach na chlywodd o mohonof," ebe Llwyd wrtho'i hun, a chan weiddi drachefn, prysurodd rhagddo ar ôl y dyn i'r coed. Nid oedd bosibl na chlywodd y dyn ei ail floedd, os nad oedd yn fyddar; ond nid atebodd, ac erbyn i Dr. Llwyd gyrraedd y lle yr aeth y dyn i fewn i'r coed, nid oedd olwg amdano yn unman.

"Fel mae byw fi!" ebe Llwyd wrtho'i hun, "rhaid i mi gael hyd iddo! Mae fel pe bai rhyw hud ar y fforest yma. Pwy â ŵyr nad wyf ar gychwyn eto ar ymgyrch mor ddiffrwyth â'r llall?"

P'run bynnag, yn ei flaen yr aeth, a chyn ei fod wedi mynd deg llath i'r coed, clywodd waedd uchel yn rywle o'i gwmpas, fel pe buasai ddynes yn ysgrechian mewn braw.

Gwrandawodd, ond ni chlywodd unrhyw sŵn drachefn. Tybiodd mai sgrech dylluan a glywsai, hwyrach, ond p'run bynnag, aeth yn ei flaen yn ochelgar tua'r lle y tybiai fod y sgrech yn dyfod ohono.

Er fod y wawr wedi torri ers meitin, roedd cysgod y coed deiliog yn gwneud y lle yn dywyll o'i gwmpas.

Edrychai Dr. Llwyd yn graff ac yn fanwl ym mhob cyfeiriad i geisio gweld a oedd yno rywun, ond ni welai neb. Roedd y llwyni o'i gwmpas yn berffaith dawel; prin oedd deilen yn symud yn yr awyr farwaidd, ac roedd yntau ei hun yn cerdded hyd y mwsogl esmwyth heb wneud sŵn o gwbl. Roedd amryw fân lwybrau yn arwain yma ac acw drwy'r coed, a phetrusai Dr. Llwyd pa ffordd i fynd. Safodd ac edrychodd o'i gwmpas, gan geisio gweld ôl traed, ond roedd y mwsogl mor ystwyth fel na chadwai ôl troed ond am ychydig iawn. Roedd Dr. Llwyd ar fedr mynd hyd y llwybr lletaf ar antur, pryd y clywodd y sgrech drachefn. Llais dynes ydoedd, nid oedd dim dadl.

Pennod XIII.

Safodd Dr. Llwyd mewn syndod a gwrandawodd. Nid oedd amheuaeth yn y byd nad llais merch a glywsai, ac roedd yn rhaid ei bod yn rhywle heb fod ymhell, ond ni allai Dr. Llwyd ddweud yn mha gyfeiriad. Gwrandawodd gan ddisgwyl clywed gwaedd neu ryw sŵn drachefn, ond ni chlywodd. Dechreuodd anesmwytho, ac aeth yn ei flaen hyd y lletaf o'r llwybrau oedd yn arwain i mewn i'r coed. Edrychai o'i gwmpas ym mhob cyfeiriad yn fanwl, ond ni welai ddim tebyg i ddyn na dynes.

Wedi iddo gerdded tua chan llath neu ragor hyd y llwybr, clywodd floedd yn union ar y dde iddo. Troes yn ei ôl rhag blaen, a cheisiodd fynd tua'r lle y tybiai fod y sŵn yn dyfod ohono. Cafodd fod y mân goed yno yn dewch a'r cysgod yn ddyfnach, ond medrodd ymwthio ymlaen, a chlywodd floedd neu ddwy drachefn, ymhellach yn y coed bob tro, fel y tybiai ef, a barnu wrth y sŵn. Chwiliodd a chwiliodd ym mhob cyfeiriad, ac roedd ar fin troi yn ei ôl drachefn gan feddwl ei fod wedi colli'r cyfeiriad, pryd y daeth yn sydyn i lannerch fechan agored yng nghanol llwyni cyll a chelyn.

Ar wastad ei gefn ar lawr ar ganol y llannerch agored hon roedd dyn yn gorwedd. Nid oedd neb arall yn y golwg yn unman, ac nid oedd sŵn i'w glywed yn unrhyw gyfeiriad.

"Ac eto, rydw i'n siŵr fy mod wedi clywed llais merch," ebe Dr. Llwyd wrtho'i hun, gan fynd yn ei flaen yn araf tuag at y dyn oedd yn gorwedd ar lawr. "Ar fy ngair! Mae rhyw hud ar y coed yma!"

Plygodd Dr. Llwyd uwchben y dyn oedd yno'n gorwedd yn llonydd. Teimlodd ef. Roedd yn gynnes, ond nid oedd ei galon i'w chlywed yn curo. Nid oedd archoll i'w gweld arno yn unman, a thybiodd y meddyg ar y dechrau ei fod wedi marw, ond wedi dechrau ei chwilio, cafodd fod bywyd ynddo. Ymosododd rhag blaen ar y gwaith o geisio ei ddwyn ato'i hun. Bu wrthi'n hir, ac o'r diwedd cafodd galon y dyn i guro, ond ni ddaeth o'i gyflwr di-ymwybod.

Teimlai Dr. Llwyd ei fod mewn mwy o benbleth nag erioed—roedd yng nghanol coed mewn gwlad dieithr iddo a chanddo dan ei ofal dyn mewn cyflwr peryglus. Ni allai gario'r dyn o'r coed gydag ef, ac ni allai ei adael yno chwaith yn hir iawn i fynd i chwilio am gymorth, rhag ofn digwydd rhywbeth iddo heb fod neb yno i'w helpu.

Roedd yn rhaid iddo wneud rhywbeth, sut bynnag. Ni thalai iddo aros yno drwy'r dydd i ddisgwyl help. Os na chai driniaeth briodol, byddai'r dyn mewn perygl, ac nid oedd bosib rhoi triniaeth briodol iddo yn y fan honno, heb ddim yn y byd at alwad.

Aeth Dr. Llwyd, ar ôl gosod y dyn mewn sefyllfa mor esmwyth ag y gallai, i chwilio am y ffordd, gan ddisgwyl y deuai, ond odid, o hyd i rywun a allai ei helpu. Nid oedd hi eto ond bore iawn, ac nid oedd ganddo lawer o obaith y deuai o hyd i neb, ond roedd yn well ganddo symud na fod yn ei unfan, a chynt y cyferfydd dau ddyn na dau fynydd, chwedl yr hen air.

Wedi cryn chwilio a chrwydro yn ôl a blaen, daeth Dr. Llwyd o hyd i lwybr lled glir tua'r ffordd, a chyrhaeddodd y ffordd ei hun o'r diwedd. Yma ac acw gwelai olion oes a fu, olion hen dramffordd drydan a wnaed pan oedd pobl yn ddigon hurt i ddifetha tegwch gwlad er mwyn cael pŵer y gellid yn hawdd ei gael yn nes adref ac heb draul na llafur na haeru gwlad o gwbl. Roedd yr adfeilion hyn yn gwneud i'r fro edrych yn fwy anghyfannedd fyth, ac er hir edrych a disgwyl ni welai Dr. Llwyd neb yn dyfod o unman.

Pan oedd ar fedr rhoi'r gorau i ddisgwyl yn hwy, a chychwyn yn ei ôl i edrych sut yr oedd y dyn yn y coed, gwelodd rywun yn dyfod hyd y ffordd yn y pellter, ar fotor bychan.

"Os nad wyf yn methu," ebe Dr. Llwyd wrtho'i hun, "dacw Ap Rhys yn dŵad—a diolch am hynny!"

Safodd i ddisgwyl, a chyn hir, roedd y motorydd yn ddigon agos iddo weld mai ei gyfaill ydoedd. Gan fod Dr. Llwyd yn sefyll yng nghysgod y coed uwchlaw'r ffordd, nid oedd Ap Rhys yn ei weld ef, a buasai wedi pasio oni bai i Llwyd weiddi arno.

"Hylô! Ai ti sydd yna?" ebe Ap Rhys, gan atal y motor yn sydyn pan glywodd Llwyd yn gweiddi.

"Ie," ebe Llwyd, "a fu 'rioed yn well gen i dy weld di, mi gyfaddefaf y gwir!"

"Mae golwg digon annifyr arnat ti yn enw pob rheswm! Ond ble mae Lewys Meredydd?"

"Welais i ddim un golwg ohono, er fy mod wedi chwilio mwy na mwy—"

"Lle buost ti'n cysgu?"

"O, yn y coed—dim byd yn hynny—ond tyrd hefo fi, er mwyn popeth—"

"Beth sydd?" ebe Ap Rhys.

"Wel, wn i ddim yn iawn," ebe Dr. Llwyd, "ond mae gen i ddyn yn y coed yma mewn cyflwr tra anghyffredin— hwyrach ei fod o wedi marw erbyn hyn, ran hynny!"

"Beth ydi dy feddwl di?"

"Wel, fel yr ydw i'n deud yn union," ebe Dr. Llwyd, "pan ddeuthum at fin y coed yn y fan yma gyda'r wawr heddiw, gwelais ddyn yn mynd i mewn i'r coed. Gelwais arno, gan fwriadu ei holi am y ffordd i'r dref, ond nid atebodd fi. Gweiddais drachefn, yn ddigon uchel iddo fy nghlywed, os nad oedd yn fyddar, ond ni chefais ateb. Penderfynais ei ddilyn. Gwneuthum hynny rhag blaen. Pan oeddwn yn mynd i'r coed, clywais ddynes yn sgrechian. Clywais floedd dyn amryw weithiau wedyn. Bûm yn chwilio'n ofalus am gryn ysbaid. O'r diwedd, deuthum o hyd i'r dyn yma ar ei hyd ar lawr yn ddi-ymwybod."

"Pwy neu beth ar y ddaear ydi o?"

"Wn i ddim. Medrais ei gael i anadlu'n rhwydd, ond ni ddaeth ato ei hun. Tyrd, da thi, gael i ni weld beth i'w wneud ag o."

Aeth y ddau i mewn i'r coed, a chafodd Dr. Llwyd y tro hwn hyd i'r llwybr yn hwylus. Cerddasant ar hyd-ddo yn gyflym tua'r llannerch agored lle roedd Dr. Llwyd wedi gadael y dyn yn gorwedd ar lawr.

"Dyma'r lle," ebe Dr. Llwyd, gan ymwthio rhwng y llwyni cyll i'r lle agored, "dacw fo, weli di—"

"Ym mhle?" ebe Ap Rhys.

"Fel mae byw fi!" ebe Dr. Llwyd, "mae o wedi mynd!"

Edrychodd y ddau yn fanwl o'u cwmpas, ond nid oedd olwg ar neb i'w chael. Gwelid ôl y dyn ar lawr, yn y lle y gadawsai Dr. Llwyd ef i orwedd, ond nid oedd ei ôl yn mynd oddi yno yn unman i'w weld.

"Mae hud ar y fforest yma, oes ar fy ngair!" ebe Dr. Llwyd, gan wenu.

"Cwsg oedd yr hud," ebe Ap Rhys yntau gan wenu, "cysgu a breuddwydio a ddaru ti, mae arnaf ofn!"

"Wel," ebe Llwyd, yn ddifrifol y tro hwn, "pa beth a wnawn ni yn awr, ynte?"

"Oes arnat ti flys mynd i chwilio am hwn eto?" ebe Ap Rhys.

"Nac oes," ebe Dr. Llwyd, "gan ei fod wedi medru codi a mynd ymaith, mae'n debyg nad oedd arno lawer o eisiau gwasanaeth neb ohonom ni. Ond beth am Lewys Meredydd?"

"Mae arnaf ofyn y bydd yn rhaid i ni roi'r mater yn nwylo'r awdurdodau, wedi'r cwbl, er mwyn cael ymchwil drwyadl amdano fo. Ddown ni byth o hyd iddo, mae arnaf ofn, wrth chwilio yn y dull rydym ni hyd yma wedi ei gymryd."

"Rwyf o'r un farn â thi yn union," ebe Dr. Llwyd, "er fy mod neithiwr yn teimlo yn sicr y buaswn yn dyfod o hyd iddo, ac yn medru ei drin yn iawn. Beth mae Mrs. Fychan yn ei feddwl o'r helynt yn awr?"

"O, mae hi yn anesmwyth iawn, wrth gwrs, ond gwneuthum fy ngorau i'w chysuro, ac i'w pherswadio i beidio ag ofni—yn wir, awgrymais dy fod di wedi gweld Lewys Meredydd, a bod yn debyg y deuet ti ag yntau yn ôl heddiw. Deuthum i fyny mor gynnar y bore yma gan ryw led obeithio y buaset wedi dyfod o hyd iddo."

"Oes ryw newydd pellach am yr eneth honno a'r ffordd y diflannodd hi?" ebe Llwyd, fel yr oedd y ddau yn cychwyn ymaith yn y motor.

"Nac oes, dim newydd yn y byd," ebe Ap Rhys, "hynny ydi, ni welodd neb mo'r llong awyr yn hwylio o unman."

"Beth am y cwest ar gyrff y dynion a fygwyd?"

"O, ie. Agorwyd ef ddoe, a gwrandawyd digon o dystiolaethau fel y gellid eu claddu, ac yna gohiriwyd hyd brynhawn heddiw er mwyn i ti a minnau roddi ein tystiolaethau."

Teithiodd y ddau feddyg i lawr i'r dref yn y motor, ac yn y prynhawn aethant i'r cwest gohiriedig. Tystiodd Dr. Ap Rhys yn hwnnw pa fodd y gwelodd ei gyfaill ac yntau'r llongau, ac yr aethant mewn cwch at y llong a ddisgynnodd o'r awyr, pa beth a welsant yno a pha beth a ddigwyddodd wedi hynny. Tystiodd nad oedd amheuaeth yn y byd nad eu mygu gan y nwy gwenwynig a gafodd y dynion. Cadarnhaodd Dr. Llwyd y dystiolaeth hon. Tystiodd Ap Rhys hefyd ynghylch yr eneth a achubwyd, ac ynghylch ei diflaniad sydyn ac anesboniadwy. Bu agos iddo ddweud yr hyn a gyfaddefodd Norman Watson wrtho, ond rywfodd tosturiodd wrtho a thawodd. Dwedodd yn unig fod yr eneth wedi dianc drwy gymorth rhywun, ac na wyddai ef i ba le yr aeth. Dwedodd y Crwner fod y digwyddiad yn un hynod anghyffredin. Roedd yn amlwg nad oedd y tystiolaethau a gafwyd yn mynd at wraidd y mater, ond nid oedd help am hynny. Yr oedd, sut bynnag, yn sicr ddigon mai eu mygu gan y nwy gwenwynig a gafodd y dynion, pa beth bynnag oedd amcan y rhai oedd yn y llong arall, ac ni ellid gwneud dim ond bwrw fod y dynion hyn wedi eu lladd gan nwy gwenwynig a daniwyd arnynt gan ryw berson neu bersonau anhysbys am ryw reswm neu resymau anhysbys. Bwriodd y rheithwyr mai felly y bu, a therfynodd yr ymchwil ar hynny.

Un canlyniad i'r cwest, sut bynnag, a fu peri fod ymchwil manwl gan y plismyn am yr eneth ddieithr a gollwyd mor sydyn o dŷ Ap Rhys. Chwiliwyd y wlad o gwmpas yn fanwl, ond yn gwbl ofer. Ni chaed gair o hanes yr eneth yn unman. Chwiliwyd hefyd yr un pryd am Lewys Meredydd, canys roedd Dr. Ap Rhys a Dr. Llwyd wedi penderfynu mai yr unig ffordd i ddyfod o hyd iddo oedd rhoi ei hanes i'r plismyn, ac roedd Mrs. Fychan mor anesmwyth yn ei gylch fel yr oedd yn rhaid gwneuthur rhywbeth i geisio dyfod o hyd iddo er mwyn ei chadw hi yn weddol dawel. Yn wir, chwiliwyd, os yr un, yn fanylach am Lewys Meredydd nag am yr eneth ddieithr, canys yr oedd Ap Rhys erbyn hyn yn dechrau barnu nad oedd yn werth iddo drafferthu llawer ynghylch yr eneth, gan ei bod wedi dianc. Rhaid ei bod, pwy bynnag a ddaeth i'w nôl, yn barod i fynd gydag ef, onide buasai wedi gweiddi am help. Felly, tebyg nad oedd hi mewn perygl yn y byd yng ngofal y sawl y dewisodd fynd gydag ef. Am Lewys Meredydd, yr oedd yn wahanol. Roedd hwnnw yn un o'i gleifion ef, ac roedd yn ddyletswydd arno ddyfod o hyd iddo, costied a gostiai. Felly, ar air gan Ap Rhys, roedd y plismyn yn ddyfal iawn yn eu hymchwil am Lewys Meredydd.

Ac eto, aeth dyddiau heibio heb iddynt hwy na neb arall glywed gair o'i hanes.

Pennod XIV.

Pan adawsom Lewys Meredydd, yr oedd ef yn arwain yr eneth y daethai o hyd iddi drwy gysgodion y coed i chwilio am le diogel, chwedl yr eneth ei hun, iddi ddweud wrtho pa beth oedd y perygl yr oedd hi ynddo. Cerddasant yn ddistaw ac yn gyflym rhwng y coed preiffion, daethant i le agored, ac roedd Lewys Meredydd ar fedr gofyn i'r eneth eistedd ar fôn coeden yn eu hymyl, a dweud ei hanes wrtho, pan y clywodd yr eneth yn rhoi sgrech ac yn cydio yn dynn yn ei fraich. Yr un funud gwelodd ddyn bychan tew, â golwg tramoraidd arno, yn dyfod tuag atynt.

"O! Achubwch fi rhagddo!" ebe'r eneth, mewn dychryn mawr.

Heb ddweud gair ac heb gymaint â meddwl am ofyn unrhyw gwestiwn, neidiodd Lewys Meredydd ymlaen tuag at y dyn.

"Pa beth y mae arnoch chi ei eisiau?" ebe fe, yn fygythiol.

Nid atebodd y dyn ef. Yn wir, ni chymerodd unrhyw sylw yn y byd ohono. Ceisiodd ei osgoi a mynd at yr eneth, oedd yn sefyll yn grynedig â'i phwysau ar un o'r coed. Gofynnodd Lewys Meredydd yr un cwestiwn drachefn, yn ffyrnig, gan sefyll o flaen y dyn. Safodd y dyn yntau yn sydyn, wynebodd Lewys, dwedodd rywbeth mewn iaith na ddeallai y llall, a chyda hynny, chwipiodd lawddryll bychan allan o'i logell.

Y funud nesaf, roedd yr estron yn rholio ar ei hyd ar lawr tan ddyrnod gan Lewys Meredydd. Disgynnodd fel carreg, trawodd ei wegil yn drwm yn erbyn bonyn pren, a rholiodd ar ei wyneb ar lawr. Roedd Lewys Meredydd yn disgwyl ei weld yn codi ar ei draed rhag blaen, ond nid

oedd y dyn yn symud. Aeth Lewys ato, troes ef â'i wyneb
i fyny, edrychodd yn graff arno, teimlodd guriad ei galon.

Roedd wedi sefyll!

Edrychodd Lewys yn hurt ar yr eneth. Rhedodd honno
ato, a chydiodd yn ei fraich â'i dwylo.

"O, dowch, dowch ymaith!" ebe hi.

"Ond mae o wedi marw!" ebe Lewys Meredydd, "rydw
i wedi ei ladd o!"

"Oni bai am hynny, buasai ef wedi'ch lladd chi!" ebe'r
eneth.

"Wel, buasai!" ebe Lewys, fel pe na fuasai wedi meddwl
am hynny o'r blaen, a rhywsut, rhwng hurt a pheidio, aeth
yn ei flaen gyda'r eneth, gan adael y dyn ar lawr yn farw,
fel y tybient hwy.

Crwydrasant drwy'r coed yn hir mewn distawrwydd.
Roedd yr eneth yn cydio yn ei fraich ef, a dododd yntau
heb yn wybod ei fraich am ei chanol hithau. Roedd y wawr
yn torri a'r goleuni yn cryfhau yn brysur. Rhwng y coed
canghennog a deiliog, yng nghalon y fforest, roedd er
hynny gysgod dwfn, du. Pan ddeuid i ambell lannerch fwy
agored na'r cyffredin, roedd y goleuni yn ymsaethu i lawr
yn belydr euraidd i'r cysgod du, yn cusanu brig y coed ag
aur byw, ac yn treiddio fel gweill melynion yma ac acw lle
byddai ryw hafnau rhwng canghennau trwchus y coed.

A cherddai'r ddau estron yn eu blaenau, ni wyddent i
ble, a theimlent fel plant, mor hapus a di-ofid, mor
ddiniwed; ac eto, teimlent yn hen, mor ryfeddol o hen, fel
pe buasent wedi crwydro drwy'r coed law yn llaw ers
oesau lawer; fel pe buasent wedi arfer y naill â chwmpeini'r
llall erioed. Buont yn cerdded felly am oriau, hyd nes eu
dyfod allan o'r coed ar lethr serth ac uchel, ac yno safasant,
a daeth i'w cof mai estroniaid oeddynt i'w gilydd, a bod yr
eneth mewn perygl a bod Lewys Meredydd wedi lladd y
sawl oedd yn ceisio ei dal. Edrychodd y ddau ar ei gilydd,
a thrachefn teimlasant rywfodd na doedd dim byd o bwys,

ac nad oedd ond ffolineb meddwl am berygl na dim arall annymunol.

Eisteddent ar fonyn pren wedi syrthio, yng nghysgod ei gymheiriaid oedd yn tyfu'n frigog uwch ei ben, a phan chwythodd awel oer y bore i'w hwynebau dechreuasant ymddeffro, a meddwl am y digwyddiadau a fu iddynt yn y coed ac yn nhywyllwch y nos.

"Roeddech mewn perygl?" ebe Lewys Meredydd.

"Oeddwn," ebe'r eneth, "ac nawr rydych chithau mewn perygl."

"Myfi? Pa berygl?" ebe yntau.

"Ond y dyn hwnnw—"

"O, ie! Rwyf yn cofio yn awr! Ond mae fel pe bai gymaint o amser ers hynny, onid oes?"

"Oes, mae fel pe bai llawer ac ychydig! Ond rhaid i ni fynd i rywle o'r perygl. I ba le yr awn?"

"Wn i ddim! Gadewch i ni aros yma! Mae yma le tawel yn y coed, a chrib y mynydd o'n blaenau. Dwedwch i mi ym mha berygl yr oeddech?"

"Chi a'm canlynodd neithiwr ar hyd y nos, ac a nofiodd ar draws y llyn ar fy ôl?"

"Ie, myfi," ebe Lewys Meredydd.

"Ac roeddwn innau yn meddwl mai fy ngelyn oeddech! Pam y canlynasoch fi?"

"Am fy mod yn meddwl mai rhywun arall oeddech."

"Pwy?"

"Dwedaf wrthych eto. Yn awr, dwedwch chi wrthyf fi pa berygl yr ydych ynddo, a pha fodd y gallaf wneud cymwynas â chwi."

"Myfi oedd unig blentyn fy rhieni. Rhoesant yr addysg orau'n bosib i mi, ac astudiais innau wyddor nes dyfod yn enwog. Roeddwn yn adnabod dyn ieuanc oedd yntau yn astudio gwyddor, ac ystyrid yntau yn un o'r dynion clyfraf ar lawer cyfrif. Byddai bob amser yn talu sylw i mi, a gwnaeth gyfaill o fy nhad. Nid oeddwn i yn ei garu, er

fy mod ar delerau cyfeillgar ag ef bob amser. Gofynnodd
i mi ei briodi, ond gwrthodais, am nad oeddwn yn ei garu.
Gofynnodd yntau i mi faddau iddo, a bod yn gyfeillgar
fel o'r blaen. Dwedais innau y gwnawn, wrth gwrs.
Roedd fy nhad yn credu fod rhywbeth rhyngom, a
rhybuddiodd fi beidio â gwneud dim ag ef. Roedd gan fy
nhad rywun arall y mynnai i mi ei briodi. Un diwrnod,
gofynnodd fy nghyfaill gwyddonol i mi fynd gydag ef yn
ei long awyr, ac euthum innau. Roedd fy nhad ar y pryd
i ffwrdd. Nu buom yn hwylio ond rhyw ddiwrnod cyn
digwydd rhyw ddamwain i'r llong. Bu rhaid i ni disgyn ac
aros am beth amser cyn y gellid ei thrwsio. Cawsom
bopeth yn iawn, sut bynnag, o'r diwedd, a
chychwynasom tua chartref rhag blaen, canys nid
oeddem wedi meddwl bod i ffwrdd fwy na diwrnod. Ar
ein ffordd adref, sut bynnag, cyfarfuasem long arall, a
geisiodd ein dal. Dihangasom ninnau, a dianc y buom ni
a'r llestr arall yn ymlid hyd nes digwyddodd rhyw
drychineb. Roeddwn i wedi mynd yn sâl un diwrnod gan
gur mawr yn fy mhen, ac wedi colli gwybod arna fy hyn
ar ôl deall fod y bobl oedd yn y llong arall wedi ceisio
saethu nwy gwenwynig atom. Y peth cyntaf rwyf yn ei
gofio wedyn yw fy nghael fy hun yn nhŷ rhyw feddyg
ifanc a siaradodd Esperanto â mi—"

"Ar fy ngair!" ebe Lewys Meredydd, "chi yw'r neb a
achubwyd gan fy nghyfaill Dr. Ap Rhys—"

"Ni ddwedodd ef mo'i enw wrthyf fi," ebe'r eneth,
"ond dwedodd ei fod wedi fy nghael yn ddiymwybod yn
y llestr, a'r dynion wedi mygu yno."

"Ie, ie, felly y bu," ebe Lewys Meredydd, "ond
dwedodd fy nghyfaill Ap Rhys wrthyf fi mai Rwsiad
oeddych."

"Ie, Rwsiad ydwyf—"

"Ond pa fodd yr ydych yn medru siarad Cymraeg?"
ebe Lewys Meredydd mewn syndod.

"Wel," ebe'r eneth gyda gwên, "dylaswn ddweud fod gwaed Cymreig ynof, hwyrach fwy nag o waed Rwsiaidd. Mae fy nhad o deulu Cymreig, a'm mam yn Gymraes o Gymru."

"A pha fodd y digwyddodd eich geni yn Rwsia, ynte?" ebe Lewys Meredydd.

"Clywsoch, hwyrach, fyned nifer o Gymry i Rwsia dros gan mlynedd yn ôl i wneud rhyw waith, a bod rhai ohonynt wedi aros yno i fyw ar ôl gorffen y gwaith, yn lle dyfod yn ôl i Brydain?"

"Rwyf yn cofio hynny," ebe Lewys.

"Wel," ebe'r eneth, "mae fy nhad yn ddisgynnydd i un o'r rhai hynny, un o'r enw Gruffydd. Llwyddodd y teulu. Roedd fyd nhaid, dad fy nhad, mewn amgylchiadau da iawn, ac anfonodd ei fab, fy nhad, i Gymru i gael addysg. Yno, cafodd fy nhad hyd i fy mam, priododd, a dygodd hi gydag ef yn ôl. Roedd fy mam yn medru Cymraeg yn well na'r un iaith arall, ac roedd fy nhad yn medru tipyn. Dysgodd fy mam ei hiaith ei hun i mi o'm mebyd."

"Rhyfeddol!" ebe Lewys Meredydd, gan edrych yn llawn syndod ar wyneb agored a llygaid disglair yr eneth.

"Pan ddeuthum ataf fy hun yn nhŷ'r meddyg," ebe'r eneth, "ni wyddwn i mai Cymro ydoedd—ni wyddwn, yn wir, mai yng Nghymru yr oeddwn, onide buaswn yn esmwythach. Ni wyddwn i na fy nghyfeillion pwy oedd yn y llong oedd yn ein hymlid, ond rwyf o'r diwedd yn gwybod. Y dyn a laddasoch chi! Y dyn yr oedd ar fy nhad eisiau i mi ei briodi, a phen gelyn fy nghyfaill druan a fygwyd gan y nwy gwenwynig! Rhagddo ef yr oedd arnaf eisiau i chi fy achub!"

"Gwnaf fy ngorau—hynny ydyw, rwyf wedi ei wneud," ebe Lewys Meredydd, "mae'n debyg na phoena'r dyn hwnnw mohonoch eto. Ond pam yr aethoch gydag ef o dŷ Ap Rhys? Dwedodd fy nghyfaill eich bod wedi mynd ymaith gyda rhywun o'ch bodd, yn ôl pob golwg?"

"Naddo!" ebe'r eneth.

"Wel, sut fu, ynte?" ebe Lewys Meredydd. "Roedd ysgol yn ymyl y ffenestr, a'r gwydr wedi ei dorri—dwedodd y ddau—Ap Rhys a Dr. Llwyd—hynny wrthyf yn y coed neithiwr."

"Ni wn i ddim sut fu," ebe'r eneth. "Yn fy nghwsg y cymerwyd fi allan o'r tŷ, drwy'r ffenestr, os drwy'r ffenestr hefyd. Pan ddeffrais, cefais fy hun yn gorwedd ar lawr yng nghysgod gwrych. Codais ac edrychais o'm cwmpas, ac ar hynny, gwelais fy ngelyn yn sefyll heb fod ymhell oddi wrthyf. Roedd yn amlwg ei fod yn gwylio rhywun drwy'r gwrych, canys nid oedd yn edrych arnaf fi. Rhedais ymaith nerth fy nhraed. Cyn fy mod wedi mynd ymhell, gwelais ddyn arall, galwodd arnaf a rhedodd ar fy ôl. Chi oedd hwnnw, mi wn, ond ar y pryd ni wyddwn i nad gelyn oeddech chithau, a rhedais rhagoch chithau hefyd hyd nes cefais gysgod caredig y coed. Chwiliais am le i ymguddio a chysgais yn fy lludded. Pan ddeffrais, roedd yn nos."

Pennod XV.

"Yn y coed felly y cysgasoch?" ebe Lewys Meredydd.

"Ie, yng nghanol y coed."

"Ac roedd hi yn nos pan ddeffroesoch?"

"Oedd, yn nos dywyll."

"Pa beth a wnaethoch wedyn?" gofynnodd Lewys Meredydd.

"Roedd arnaf ofn, ond nid cymaint â phe buasai yn ddydd chwaith. Dechreuais chwilio o'm cwmpas, canys roedd arnaf eisiau bwyd. Cofiais fod gennyf ychydig o nodd mewn twb yn fy mhoced, a bwyteais hwnnw. Yna cerddais o gwmpas hyd nes deuthum i le agored yn y coed, lle'r oedd goleuni'r lloer yn dyfod i lawr rhwng y canghennau. Yno, clywais rywun yn galw arnaf drachefn. Chi oedd hwnnw, mae'n debyg gennyf. Dihengais yn fy mraw drachefn, heb yn wybod i ba le. Gwyddoch chithau y gweddill o'r hanes cystal â minnau, neu'n well, hwyrach."

"Gwn," ebe Lewys Meredydd. "Ie, myfi a alwodd arnoch yn y coed, a rhedais ar eich hôl o hyd, fel y gwyddoch chithau, nes dyfod o hyd i chi o'r diwedd."

"Pam y galwasoch arnaf ac y rhedasoch ar fy ôl?" ebe'r eneth.

"O! Meddyliais fy mod yn eich hadnabod," ebe Lewys Meredydd, gan edrych ym myw llygaid yr eneth.

"Rhaid fy mod yn debyg i rywun a adwaenech, ynte?" ebe hi.

"O! Mor debyg!" ebe yntau, gan ddal i syllu'n graff arni o hyd.

"Tebyg i bwy?" ebe hi.

"Tebyg i'r ferch a gerais ac a gollais i gynt," ebe fe, â'i wedd yn drist.

Roedd yr eneth yn teimlo'n awyddus iawn i wybod rhagor o'r hanes, a bu agos iddi ei holi yn fanylach, ond pan oedd ar fin gofyn cwestiwn arall iddo, teimlodd mai creulon a fyddai ei holi a gwneud iddo feddwl am rywun oedd yn annwyl iddo, rhywun a garodd ac a gollodd. Felly bu'r eneth yn ddistaw am ennyd, ac yna ceisiodd droi'r stori at ryw bwnc arall.

"Cewch ddweud yr hanes wrthyf eto," ebe hi, "ond nawr dylem fynd ymaith i rywle er mwyn eich diogelwch. Bydd rhywun yn sicr o ddyfod o hyd i'r dyn hwnnw, ac o feddwl fod rhywbeth o'i le cyn bo hir."

"Bydd, mae'n debyg," ebe Lewys Meredydd, yn ddi-daro, fel pe buasai'n meddwl am rywbeth arall.

"Gadewch i ni fynd, ynte," ebe'r eneth.

"O'r gorau, rwyf yn barod i ddyfod," ebe yntau. Ac fe gychwynnodd y ddau ymaith gyda'i gilydd, heb wybod i ba le i fynd.

Yn y cyfamser, roedd y plismyn, ar gais Ap Rhys a'i gyfaill, Dr. Llwyd, yn chwilio am Lewys Meredydd ym mhob cyfeiriad. Chwiliwyd yr Eryri yn fanwl, on ni chaed gair o hanes y gŵr colledig. Roedd llawer o bobl wedi gweld rhywun tebyg iddo, ebe hwy, ond os oeddynt yn dweud y gwir rhaid fod cryn ddwsin o ddynion yr un ffunud ag ef yn crwydro yn yr ardaloedd hynny ar unwaith. Tyb y plismyn ydoedd fod Lewys Meredydd yn llechu yn rhywle yng nghanol y coed, neu ynte fod rhyw ddamwain wedi digwydd iddo, a'i fod wedi cyfarfod â'i ddiwedd. Yn wir, y syniad olaf oedd y tebycaf o fod yn wir ganddynt, ac yr oeddynt yn chwilio gan ddisgwyl dyfod o hyd i'w gorff yn fwy na dim arall. Cawsant hyd i ddyn bychan tew dieithr yr olwg yn crwydro yn y coed, a thybiasant ar y dechrau hwyrach mai hwnnw ydoedd y dyn colledig, ond llwyddodd hwnnw i'w hargyhoeddi yn fuan iawn mai tramorwr ar daith ydoedd, wedi dyfod am dro i'r ardal i weld yr Wyddfa a rhyfeddodau eraill. Aeth dyddiau heibio heb fod unrhyw newydd am Lewys Meredydd yn dyfod o unman. Roedd Ap Rhys a Dr. Llwyd yn anesmwyth iawn, ac yn ofni fod rhyw drychineb wedi digwydd iddo yn sicr.

"Does wybod pa beth sydd wedi digwydd iddo," ebe Ap Rhys. "Ar brydiau, mae'r creadur fel pe bai'n hollol anghofus am bopeth o'i gwmpas, fel y sylwaist."

"Do," ebe Dr. Llwyd, "sylwais ei fod yn anghofus am bobl a phethau o'i gwmpas, ond nid wyf yn meddwl ychwaith fod dim amhariaeth ar ei bwyll o gwbl. Er iddo edrych yn ddigon hurt, roedd yn ddigon pwyllog yn y pethau yr oedd yn meddwl amdanynt, ac ond i ti ei atgoffa roedd yn cofio yn y munud pwy oedd o'i gwmpas."

"Mae hynny'n wir, ond rwyf yn ofni fod rhywbeth o'i le hefyd. Yr wyt yn cofio ei fod wedi dweud wrthym ei fod wedi gweld ysbryd?"

"Ydwyf, ond nid yw hynny yn ddigon i brofi i mi fod dim ar ei bwyll chwaith, o leiaf, nid yw hynny ynddo'i hun yn ddigon."

"Wel, p'run bynnag, a pha beth bynnag a ddigwyddodd iddo, buasai'n dda iawn gennyf pe baent yn cael hyd iddo," ebe Ap Rhys, "mae Mrs. Fychan mor anesmwyth yn ei gylch."

Yn y cyfamser roedd Lewys Meredydd a'r eneth dramor heb fod mor bell oddi wrth y rhai oedd yn chwilio amdanynt, neu o leiaf un ohonynt. Buont yn crwydro yma ac acw, nes dyfod o'r diwedd i ymyl pentref bychan. Yr oedd arnynt ofn mynd i'r pentref, ac am hynny, troesant ymaith i chwilio am ffordd fwy anhygyrch. Daethant at ffermdy mynyddig, a chan eu bod yn newynog ac yn flinedig, ceisiasant gysgod yno am y nos. Rhoddwyd pob croeso iddynt gan y ffermwraig—gwraig weddw oedd hi. A'r noson honno clafychodd Lewys Meredydd gan ryw afiechyd, a bu'r eneth yn gweini yn ofalus arno am rai dyddiau. Mynnai'r ffarmwraig yrru i ymofyn meddyg ato, ond roedd yr eneth yn deall pa beth oedd arno, ac yn gwybod nad oedd angen meddyg. Am hynny, ni fynnai redeg y berygl drwy anfon am un. Gofalodd am y claf ei hun, a chyn hir, daeth yntau ato ei hun. Yng nghwrs yr adeg hon, aeth yr eneth ieuanc a'r ffarmwraig yn gyfeillgar iawn, a thrwy hynny, cafodd Lewys Meredydd a hithau'r eneth loches ddiogel yn y fferm. Pe buasai rywun yn dyfod heibio i holi, ni fuasai'r ffarmwraig yn rhoi unrhyw wybodaeth iddynt, nid am fod yr eneth wedi gofyn iddynt beidio, mewn cymaint â hynny o eiriau, ond am ei bod rywsut wedi rhoi ar ddeall iddi mai tawelwch a llonydd yr oedd arnynt hwy ei heisiau. Nid oes ond merch a fedr awgrymu pethau mor gynnil, ac ni all ond merch ddeall awgrymiadau o'r fath. Nid oedd yr eneth wedi dweud dim o'r fath, ond roedd y ffarmwraig rywfodd yn credu mai gŵr a gwraig oedd y ddau, a fod y gŵr wedi bod yn wael ei iechyd, ond ei fod yn gwella, ac eisiau tawelwch a llonyddwch hollol i wella. Buasai'n anodd i'r ddau gael lle diogelach rhag pob ymchwil ac ymholiad yn eu cylch.

Roedd Lewys Meredydd yn gwella o'r cyflwr o ludded meddwl yr aethai iddo, ac un noson, yr oedd ei gymdeithes ac yntau yn eistedd yn yr ardd yng ngolau'r lloer ac yn siarad â'i gilydd, siarad am bethau cyffredin o'u cwmpas. Yn sydyn, bu bwlch yn yr ymddiddan. Toc, troes Lewys at yr eneth yn sydyn.

"Gwenhwyfar!" ebe fe.

"Ie," ebe hithau, gan feddwl na fyddai waeth iddi heb ei daflu oddi ar ei echel drwy ddweud mai nid dyna ei henw hi.

"A ydych yn cofio'r noswaith honno ers talwm yn yr hen ardd?"

Er ei hawydd i'w foddio, ni allai hi fentro dweud ei bod yn cofio. Ofnodd ei fod yn hurtio.

"Na, nid wyf yn cofio," ebe hi. "Meddwl yr ydych am y ferch honno oedd yn debyg i mi. Dwedwch ei hanes wrthyf."

"O! Ie, ond mor debyg yr ydych!" ebe yntau. "Nid yw ond fel ddoe gennyf gofio'r noson honno!"

"Faint sydd o amser ers hynny?" ebe'r eneth.

"O, mae dros gan mlynedd, ebe hwy," meddai Lewys Meredydd.

"Can mlynedd!" ebe'r eneth, "pwy ydynt hwy sy'n dweud pethau mor ffôl wrthych â hynny, ynte?"

"O! Nid pethau ffôl ydynt," ebe Lewys Meredydd. "Fy nghyfaill Dr. Ap Rhys a ddwedodd wrthyf—"

"Cyfaill, yn wir, dweud peth mor ffôl â hynny wrthych—"

"Roeddwn innau yn meddwl mai ffôl ydoedd," ebe Lewys Meredydd, "hyd nes bu raid i mi gredu yn amgen. Pa flwyddyn yw hi eleni?"

"Y flwyddyn 2002," ebe'r eneth.

"Wel," ebe Lewys Meredydd, "ni wybûm i mo hynny tan y diwrnod o'r blaen. Mae popeth yn fy nghof i cyn hynny wedi digwydd gan mlynedd yn ôl. Cefais fy hun pan ddeffrais y bore o'r blaen yn fy ngwely. Daeth dynes yno gan ddweud mai hi oedd fy mam a'm galw wrth yr enw Meredydd Fychan, ond nid oeddwn i yn ei hadnabod, ac nid Meredydd Fychan wyf fi, ond Lewys Meredydd."

Edrychodd yr eneth arno mewn syndod, a dwedodd yn ddistaw, "Fy nghyfaill, rydych wedi blino. Ceisiwch fod yn dawel, a pheidio â meddwl pethau fel yna."

"Na," ebe yntau, "nid wyf wedi blino. Gwn eich bod yn meddwl fy mod yn drysu, ond nid ydwyf. Rwyf mor bwyllog â chithau. Nid oes bosib i neb synnu mwy at y pethau a ddwedodd y meddygon wrthyf na mi fy hun. Lewys Meredydd ydwyf fi—digwyddiadau ei fywyd ef rwyf yn eu cofio i gyd, a dim arall, ond dwedodd Ap Rhys wrthyf fod Lewys Meredydd wedi ei gladdu ers dros gan mlynedd. Rhaid fod hynny yn wir, ond p'run bynnag, enaid Lewys Meredydd sydd ynof fi."

Edrychodd yr eneth yn graff arno, ac yr oedd yn rhaid iddi gyfaddef iddi ei hun ei fod ef yn edrych yn gwbl bwyllog a synhwyrol.

"Gadewch i ni beidio â phoeni yng nghylch y peth, ynte," ebe hi. "Rwyf yn credu eich bod yn eich lle—mai enaid Lewys Meredydd sydd ynoch, ac hwyrach mai enaid rhywun arall sydd ynof finnau hefyd, o ran hynny! Yn wir, pwy â ŵyr enaid pwy sydd ynddo?"

"Ond a ydych chi yn cofio digwyddiadau na ddigwyddasant i chi er pan ydych yn y corff yna?" ebe Lewys Meredydd, "a ydych chi yn teimlo mai nid y sawl y mae eraill yn tybio eich bod a ydych mewn gwirionedd?"

"Nid wyf yn eich deall," ebe'r eneth.

"Wel, pa beth y gelwir chwi?"

"Nesta Griffinov," ebe'r eneth.

"Ac nid ydych yn cofio fod erioed unrhyw enw arall arnoch, na'ch bod yn neb amgen?"

"Nac ydwyf, er fy mod yn cofio dychmygu llawer o bethau erioed."

"Pa bethau ynte y buoch yn eu dychmygu?"

"O, llawer o bethau rhyfedd. Bûm yn dychmygu am Gymru, lawer tro, ac yn fy ngweld fy hun yn y wlad honno, er na fûm ynddi erioed o'r blaen."

"A pha beth y byddech yn ei ddychmygu am Gymru?" ebe Lewys Meredydd.

"Wel, mi ddywedaf i chi, ynte," ebe'r eneth.

Pennod XVI.

"Rwyf yn cofio dychmygu laweroedd o weithiau," ebe'r eneth, "fy mod yng Nghymru, a byddwn bob amser yn fy ngweld fy hun yn yr un fan yno—mewn lle a fyddai bob amser yn edrych yr un fath."

"Sut le ydoedd?" ebe Lewys Meredydd yn syn, gan edrych yn graff ar yr eneth.

"Fedra'i ddim dweud wrthych yn iawn—lle â digon o goed o gwmpas a mynyddau yn y golwg—pe gwelwn y lle, buaswn yn ei adnabod ar unwaith, rwyf yn ddigon siŵr."

"A fyddech yn dychmygu gweld rhywun yno, neu yn gweld rhywbeth heblaw y lle, rhywbeth arall a fuasai yn peri i chi ei gofio neu ei adnabod?"

"Byddwn yn dychmygu beunydd fod rhywun yn dyfod ataf, ond pan fyddai yn fy ymyl byddwn yn ei weld yn troi ymaith yn sydyn heb i mi gael golwg ar ei wyneb o gwbl. Byddai yn gwneud hynny bob tro yn union yr un fath."

Fel yr oedd yr eneth yn dweud y geiriau hyn, tybiodd ei bod yn clywed rhyw sŵn dan y coed yn y berllan yn eu hymyl, troes ei golygon tuag yno, a'r funud nesaf rhoes sgrech ddychrynedig.

"Beth sydd?" ebe Lewys Meredydd, gan gydio yn ei braich.

"Mae o yna!" ebe'r eneth.

"Pwy?"

"Ond y dyn hwnnw—gwelais i ef!"

"Pa ddyn?"

"Yr dyn yr oeddem yn meddwl eich bod chi wedi ei ladd."

"Na—does bosib. Dychmygu yr oeddech—"

"Nage, nid dychmygu! Gwelais ei wyneb yn blaen, rwyf yn sicr o hynny."

"A ydych yn sicr?"

"Ydwyf, yn berffaith sicr."

"Wel, gadewch i mi fynd i chwilio amdano, ynte, os dihangodd o y tro o'r blaen wedi'r cyfan."

"Na, na, peidiwch â mynd!"

"Pam?" ebe Lewys Meredydd.

"Ni fyddai waeth ganddo eich lladd ai peidio—gwell i chi beidio."

"Cawn weld!" ebe Lewys Meredydd, gan gyfodi a mynd yn ei flaen tua'r lle a ddangosodd yr eneth. Cododd hithau, ac aeth ar ei ôl. Chwiliodd Lewys Meredydd yn fanwl rhwng y coed yn y berllan, ond ni welodd neb. Roedd yr eneth yn ei ganlyn i bob man, ond ni welodd hithau neb ychwaith. Os oedd hi wedi gweld rhywun yno, roedd wedi diflannu yn llwyr erbyn hynny.

"Rwyf yn credu mai eich dychymyg a'ch twyllodd," ebe Lewys Meredydd.

"Nage yn wir," ebe'r eneth, "rwyf yn berffaith sicr fy mod wedi ei weld. Nid oes yma le diogel i mi—gwell i ni fynd oddi yma cyn gynted ag y gallwn."

"Wel," ebe Lewys, "cawn weld am hynny, ond mae'n bryd i ni fynd i'r tŷ beth bynnag, am heno, mae'r awyr yn oeri yn arw mewn lle mor uchel â hwn yr amser yma o'r nos."

Aethant i mewn i'r tŷ, a bu'r eneth yn effro yn ei gwely drwy'r nos, er fod Lewys Meredydd, yn yr ystafell nesaf, yn cysgu'n dawel ddigon, gan gredu mai dychymyg yr eneth oedd wedi ei thwyllo.

Drannoeth, cychwynnodd y ddau ymaith o'r ffermdy mynyddig, ar waethaf Lewys Meredydd. Ni fynnai ef eu bod mewn perygl yn y byd, ond roedd yr eneth yn benderfynol, ac ymaith yr aethant, gan grwydro ar draws gwlad fel o'r blaen, hyd y llwybrau mwyaf unig ac anhygyrch.

Noswaith neu ddwy ar ôl hynny roedd Norman Watson yn cerdded am dro ar lan Menai. Roedd Norman yn ceisio diwygio byth er pan lefarodd Dr. Ap Rhys air caredig wrtho, ac yr addawodd ei helpu. Ymdrech galed iawn oedd yr ymdrech i Norman, ond eto yr oedd yn dal i ymdrechu, ac hyd hynny, wedi llwyddo i ennill goruchafiaeth arno'i hun.

Fel yr oedd ef yn cerdded gyda glan yr afon, roedd yn wir mewn ymdrech a'i wanc am ddiod gadarn. Yn sydyn, daeth dyn byr, tramoraidd yr olwg arno, i'w gyfarfod, a chyfarchodd ef yn gyfeillgar. Nid oedd neb amgen na'r dyn y bu Norman yn ei helpu i geisio cael yr eneth ddieithr o dŷ Ap Rhys.

Cafodd Norman allan yn fuan fod y dyn yn awyddus am ei help eto, a'i fod erbyn hyn braidd yn dueddol i hawlio ei help, heb sôn am gymwynasgarwch a phethau felly, fel y gwnaeth y tro cyntaf.

"Mae o'n meddwl ei fod yn fy nabod i yn ddigon da bellach, ac y gall o wneud fel y mynno â fi," ebe Norman wrtho'i hun, ac am y tro cyntaf ers llawer o amser, teimlodd Norman fel pe buasai ganddo anrhydedd i'w amddiffyn.

"Wel," ebe fe wrth y dyn, "helpiais i chi o'r blaen, mae'n wir, i wneud peth anghyfreithlon, ond nid yw hynny yn profi y gwnaf y fath beth eto."

"Gwell i chi wneud rhag ofn i bobl ddyfod i wybod am y tro o'r blaen, rywsut!" ebe'r estron yn awgrymiadol.

"Thâl peth fel yna ddim hefo fi, ffrind," ebe Norman. "Os nad ewch chi ymaith yn hwylus iawn, mi a'ch rhof yng ngafael yr awdurdodau—"

Cyn i Norman gael gorffen ei frawddeg, roedd yn rholio ar y llawr yn ddiymwybod, a'r estron yn ei gwadnu ymaith, ond rhedodd ynau i freichiau un arall, a fuasai yn gwrando'r ymddiddan rhwng y ddau.

Nid oedd hwnnw yn neb amgen na Dr. Ap Rhys. Roedd ef yn digwydd bod yn dyfod yn ôl o fod yn gweld claf, a chlywodd yr estron a Norman yn siarad. Ceisiodd yr estron yn ffyrnig ymryddhau o afael Ap Rhys, ond methodd, a chyn hir, daeth Norman ato ei hun.

Dywedodd wrth Ap Rhys pa beth a ddigwyddasai, gan na wyddai ef fod Ap Rhys wedi clywed y cwbl, ac yna cychwynnodd y ddau tua'r dref a'r estron gyda hwy.

"Rhaid iddo ateb am fywydau'r dynion hynny ac am dorri fy nhŷ innau hefyd," ebe Ap Rhys.

Y funud honno, neidiodd yr estron o'i afael, a rhoes lam i'r afon. Galwodd y ddau am help, cawsant gwch, a daeth amryw ddynion eraill a chychod yno i chwilio, ond yn ofer. Ni chafwyd hyd i gorff yr estron hyd fore drannoeth, ac hyd yn oed ar ôl ei gael wedi ymchwil fanwl iawn, ni chafwyd yn ei feddiant unrhyw beth a daflai olau yn y byd ar ei hanes. Aeth a'i gyfrinach gydag ef, pa beth bynnag ydoedd.

Yn y cyfamser, roedd Lewys Meredydd a'r eneth wedi crwydro yn eu blaenau nes dyfod i Ddyffryn Clwyd. Adnabu Lewys y dyffryn rhag blaen, a dwedodd wrth ei gydymaith eu bod wedi dyfod i'w hen gartref ef. Bron heb yn wybod iddo ei hun, cyfeiriodd Lewys Meredydd ei gamau tua'i hen ardal, ac ym mrig yr hwyr un dydd, cyraeddasant at Blas Meredydd.

Troes yr eneth ato'n sydyn.

"Dyma'r lle y byddwn i yn ei weld yn fy nychymyg bob amser," ebe hi, "rwyf yn ei adnabod yn dda."

"Dyma fy hen gartref i," ebe Lewys Meredydd, gan bwyntio at yr hen blas.

"Rwyf yn cofio'r plas yn fy nychymyg hefyd," ebe'r eneth.

"Gadewch i ni fynd mewn," ebe Lewys Meredydd.

"Ond pwy sy'n byw yma yn awr?" ebe'r eneth.

"Ni wn i," ebe Lewys, gan fynd at y llidiart, ac edrych yn graff ar y darn o'r tŷ oedd i'w weld rhwng y coed.

Roedd clo ar y llidiart, ac roedd y ffordd oddi wrth y llidiart at y tŷ yn las gan chwyn a phorfa. Roedd y gwrychoedd hefyd wedi tyfu'n uchel ac yn llydain.

"Does yma neb yn byw," ebe'r eneth.

"Nac oes," ebe Lewys Meredydd.

Gyda'r gair, cododd y llidiart oddi ar ei bachau, ac agorodd hi, ddigon o le iddynt fynd drwodd.

"Ewch drwodd," ebe fe.

Ac aeth yr eneth drwodd fel pe buasai mewn breuddwyd, yn ddistaw a chan edrych o'i chwmpas fel pe buasai'n disgwyl gweld neu glywed rhywbeth. Aeth Lewys Meredydd yntau ar ei hôl, ar ôl dodi'r llidiart ar ei bachau drachefn.

Roedd pobman mor ddistaw â'r bedd. Ni chlywid cymaint â sŵn aderyn yn y coed, na siffrwd awel rhwng y dail. Roedd popeth fel pe buasai'n cysgu yn y lle, yr awyr yn drymllyd, y coed yn hen a'u brigau'n plygu tua'r llawr, y blodau yn hen ffasiwn a'u lliwiau fel pe wedi colli eu dyfnder; a'r tŷ yn y canol yn edrych fel plas cwsg. Teimlai y ddau drymder y lle yn disgyn arnynt hwythau fel y cerddent ochr yn ochr ar hyd y lôn las at y tŷ.

Roedd Lewys Meredydd yn edrych yn graff ar bob peth o'i gwmpas, ac yn dal i edrych yn hir. Ni ddwedai air, ac roedd yr olwg arno'n union yr un fath â phe buasai'n cerdded drwy ei hun. Cerddai'r eneth hithau yn ei ymyl, gan edrych yr un mor freuddwydiol ag yntau.

Aethant at y tŷ, heibio i'w dalcen, ac i gwr yr ardd fawr oedd yno o'i amgylch.

"Dyma lle byddwn i yn dychmygu gweld y dyn hwnnw yn dyfod ataf o hyd," ebe'r eneth, gan droi i edrych ar Lewys, ond gwelodd nad oedd ef yn ei hymyl. Roedd wedi ei gadael a mynd o'r golwg i rywle. Teimlodd yr eneth yn unig ac ofnus iawn, a bu agos iddi weiddi ar Lewys Meredydd; ond wrth droi ei phen, gwelodd ef yn dyfod tuag ati, yr un ffunud ag y byddai'n dychmygu yn ei breuddwyd, os breuddwyd hefyd. Daeth i'w hymyl, ac yna troes i fynd ymaith, ond cydiodd hithau yn ei fraich ac ataliodd ef.

"Dyma'r lle y byddwn yn dychmygu gweld y dyn hwnnw yn dyfod ataf," ebe hi, "ac yr oeddech chithau yn dyfod yr un fath yn union, ac yn mynd i droi draw yr un fath hefyd."

Nid atebodd Lewys Meredydd. Cydiodd yn llaw yr eneth, ac arweiniodd hi at bren ywen mawr oedd yn tyfu yn yr ardd. Dan gysgod y pren yr oedd mainc, ac ar y fainc honno eisteddodd y ddau. Buont yn ddistaw yn hir, a rhywfodd nid oedd ar y naill na'r llall ohonynt awydd siarad yn y byd. Roedd y tywyllwch yn dyfnhau o'u cwmpas dan gysgod y coed, ond nid oedd hynny yn ddim, nid oedd un peth ar y ddaear o'r pwys lleiaf, ond eu bod hwy ill dau yno, yn eistedd y naill yn ymyl y llall.

"A ydych yn cofio?" ebe Lewys Meredydd, yn sydyn, ond yn ddistaw.

"Rwyf yn cofio bod yma o'r blaen, ydwyf," ebe'r eneth.

"A pha beth a ddigwyddodd y tro hwnnw?"

"Nid wyf yn cofio'n eglur, ac eto rwyf yn gweld y lle fel yr oedd. Rwyf yn eich gweld—yn eich gweld chi! Rwyf innau gyda chi. Rydym yn siarad, ac yna rwyf fi yn codi ac yn mynd ymaith, ac wedyn, dyna hi'n dywyll!"

"Ie, yn dywyll!" ebe Lewys Meredydd. "Ond mae'r golau wedi dyfod eto. Rydych wedi dyfod yn ôl!"

"Do, wedi dyfod yn ôl," ebe'r eneth, "yn ôl o bellter mawr!"

"Ie, yn ôl o bellter mawr!" ebe yntau.

A chuddiwyd y ddau gan y tawch tew a ddisgynnodd yn araf dros yr holl wlad y diwrnod hwnnw.

Fis yn ddiweddarach, yr oedd cwmni llawen ym Mhlas Meredydd, ar y diwrnod y priodwyd Lewys Meredydd a'r eneth ieuanc y daeth efe o hyd iddi mewn dull mor hynod. "Gwenhwyfar," y mynnai ef ei galw. Ymhlith y cwmni roedd Ap Rhys a Dr. Llwyd, Mrs. Fychan, ac ychydig gyfeillion eraill, ond nid oedd yno neb yn meddwl fod dim yn anghyffredin iawn ym mhriodas y ddeuddyn ieuainc. Ac eto, yn yr hwyr, clywodd Dr. Llwyd yr enw "Gwenhwyfar", a chofiodd y traddodiad a glywsai yn yr ardal am Lewys Meredydd, fel y byddai gynt yn cerdded ar hyd y rhos gerllaw y plas gan weiddi, "Gwenhwyfar!"

Ac ymysg yr hanesion a ddwedwyd yn y Plas y noson honno roedd hanes y ffordd y collodd Lewys Meredydd ei gariad, a'r ffordd y daeth o hyd iddi drachefn.

DIWEDD

Atodiad:
Rhestr Nofelau T. Gwynn Jones

Roedd T. Gwynn Jones yn llenor toreithiog, gyda chyfanswm nifer y cerddi, nofelau, a straeon o'i eiddo'n cyrraedd y miloedd hyd yn oed cyn ychwanegu'r cyfieithiadau a'r gweithiau academaidd a newyddiadurol. Serch hynny ysgrifennodd ei holl nofelau o fewn cyfnod cymharol fyr o gwmpas troad yr Ugeinfed ganrif. Nid ysgrifennodd yr un nofel ar ôl *Gorchestion John Homer* tan ei farwolaeth bron deugain mlynedd yn ddiweddarach.

Hwyrach y byddai'n fwy cywir galw 'nofelig' neu 'stori fer hir' ar rai o'r gweithiau hyn, a galw eraill yn straeon cyfres, neu'n gyfresi o straeon byrion cysylltiedig; ac mae eraill eto'n gyfieithiadau neu'n addasiadau yn hytrach na gweithiau gwreiddiol. Hyd yn oed wedyn mae'r ffiniau'n aneglur, yn enwedig yn achos gweithiau fel *Merch y Mynydd* a *Hedd a Galanas* sy'n gyfuniadau gwahanol o ddeunydd gwreiddiol ac wedi'i addasu. Lluniwyd y rhestr isod yn seiliedig ar y diffiniad mwyaf eang posib o 'nofel' ac mae hi felly'n cynnwys yr holl weithiau hyn.

Ffynhonnell y rhestr ganlynol yw Roberts, Hywel (gol.), *Llyfryddiaeth T. Gwynn Jones*, Gwasg Prifysgol Cymru, 1981. Mae'r dyddiadau yn cyfeirio at bryd cyhoeddwyd y straeon hyn am y tro cyntaf ar ffurf cyfresi mewn cyfnodolion (sef eu cyhoeddiad cynharaf ym mhob achos). Ni chafodd y mwyafrif eu cyhoeddi fel cyfrolau yn ystod bywyd yr awdur, ac fe gyhoeddwyd rhai ar ffurf cyfrolau flynyddoedd lawer ar ôl eu cyhoeddiad gwreiddiol, gan arwain at ddryswch neu wybodaeth anghywir ynghylch cyfnod ysgrifennu y nofelau (e.e. yn y *Cydymaith i Lenyddiaeth Cymru*).

Nofelau T. Gwynn Jones

Gwedi Brad a Gofid   1897-98

Camwri Cwm Eryr   1898-99

Gorchest Gwilym Bevan   1899

Rhwng Rhaid a Rhyddid   1901

Llwybr Gwaed ac Angau   1902-03

Merch y Mynydd, neu Siwrneuon y Sipsiwn   1903-04
   (cyfuniad o elfennau gwreiddiol gyda chyfieithiad
   o'r nofel *Lavengro* gan George Borrow)

Hedd a Galanas   1904-05
   (Gwaith arall sy'n anodd i'w gategoreiddio. Fersiwn
   yw o nofel anferth Leo Tolstoy *Rhyfel a Heddwch*;
   ond nid yw'n gyfieithiad ac mae wedi'i thalfyrru'n
   sylweddol o'i gymharu â'r gwreiddiol. 'Cyfaddasiad'
   yw disgrifiad yr awdur; hwyrach mai 'aralleiriad'
   fyddai'r gair orau.)

Hunangofiant Prydydd   1905

Enaid Lewys Meredydd   1905

Glyn Hefin   1905-06
   (cyfieithodd Gwynn y nofel hon i'r Saesneg yn 1908
   dan y teitl *A Fated Feud*)

Fel Tase   1906-07

Wil Bach yn yr Ysgol (nofelig)   1906-07

Wil Bach ar Dramp (nofelig)   1907

Yn Oes yr Arth a'r Blaidd   1907-08
   (nofelig i blant; teitl gwreiddiol *Hanes Ifer*)

Y Digrif Dybryd   1907-08
   (cyfieithiad o'r nofel *L'Homme qui rit* gan
   Victor Hugo)

Lona   1908

Gorchestion John Homer   1910

Ar gael gan yr un awdur o www.melinbapur.cymru

T. Gwynn Jones
Lona

"Dewines, duwies, drychiolaeth, pa beth? Rhywbeth ond geneth gyffredin o gig a gwaed. Bwriodd ei hud drosto hyd na wyddai ef pa beth i'w feddwl amdani. Agorodd ffenestr ei henaid iddo, a dangosodd beth o'r trysor ysblennydd oedd yno, heb yn wybod i neb ond iddi hi ei hun, ac heb ei bod hithau hefyd, o ran hynny, yn gwybod fod ynddo ddim oedd mor brin a rhyfeddol."

Newydd symud i ardal y Minfor yw Merfyn Owen pan, ar siawns, mae'n cwrdd â Lona O'Neil, y Wyddeles brydferth sy'n byw ar gyrion cymdeithas y gymdogaeth. Ond beth fydd goblygiadau eu carwriaeth i safle Merfyn yn y dref - a beth yw cysylltiad teulu Lona â dirgelwch cefndir Merfyn ei hun?

Ar gael yma fel cyfrol am y tro cyntaf ers dros canrif, ac mewn iaith ac orgraff ddiwygiedig, Lona oedd ffefryn T. Gwynn Jones o blith ei nofelau ac erys o hyd yn glasur o'i chyfnod.

"Stori serch yw *Lona*, ac mae'n nofel ddarllenadwy hyd y dydd hwn. Mae'r ddeialog a'r naratif yn ystwyth ac yn naturiol."
—*Alan Llwyd*

H. G. Wells

Y Peiriant Amser

"Eiliad yn ddiweddarach roedden ni'n dau'n wynebu ein gilydd, minnau a'r creadur bregus hwn o'r dyfodol. Daeth yn syth ataf i, a chwarddodd yn uchel yn fy wyneb. Fe'm trawyd ar unwaith gan y ffaith nad oedd awgrym o ofn ynddo o gwbl."

Un noswaith yn Llundain tua diwedd y bedwaredd ganrif ar bymtheg, mae gŵr ffraeth a hyddysg yn estyn gwahoddiad i grŵp o'i gyfoedion fod yn dyst wrth iddo arddangos ei ddyfais anhygoel newydd: y Peiriant Amser. Gyda hwn, mae'n teithio cannoedd o filoedd o flynyddoedd i'r dyfodol ac yn cael ei hun mewn paradwys, o'r golwg. Pam felly bod popeth i'w weld mewn adfeilion? A beth sy'n llechu dan wyneb y byd rhyfedd newydd hwn?

Nofel gyntaf Herbert George Wells, heb os, yw un o'r portreadau enwocaf o'r dyfodol mewn ffuglen, ac hyd heddiw, mae'n un o'r rhai mwyaf arswydus. Erys yn un o gerrig milltir hanes ffuglen wyddonol.

Y cyfieithiad newydd hwn yw'r tro cyntaf i waith Wells fod ar gael yn y Gymraeg.

Ar gael hefyd o www.melinbapur.cymru

R. *Silyn* Roberts
Llio Plas y Nos

"...noson oedd hon i lenwi'r ofnus â braw. Symudai cysgodion y cymylau ar hyd wyneb y ddaear, a newidiai cysgodion brigau'r coed i bob ffurf a llun dan gernodiau ffyrnig gwynt y gorllewin. Awgrymai'r cysgodion ansicr eu dawns bresenoldeb ellyllon a drychiolaethau i'r dychymyg; a swniai'r gwynt trwy'r brigau a'r glaswellt fel rhuthr lleng o ysbrydion anweledig yng ngolau gwan, gwelw'r lloer; cymerai pethau cyffredin ffurfiau annaturiol, a hawdd i feddwl dyn oed llithro i stad freuddwydiol ac ofnus, ac ymlenwi â hanesion dychrynllyd am ffyrdd a llwybrau lle y cyniweiria ysbrydion anesmwyth eu byd."

Ar eu gwyliau yng Nyffryn Llifon, mae Gwynn Morgan a'i gyfaill, y Ffrancwr Ivor Bonnard, yn clywed sibrydion am yr hen adfail rhyfedd, Plas y Nos, ac yn dysgu am hanes arswydus y lle. Wedi iddynt fynd i'w archwilio, mae ar Ivor eisiau gwybod rhagor. Tybed, mewn gwirionedd, ai cyd-ddigwyddiad yw hi eu bod ill dau yno?

Stori ddirgelwch gyffrous sy'n cyfleu elfennau o syniadaeth rhamantaidd ei hawdur, cyhoeddwyd Llio Plas y Nos gyntaf yn 1906 a'i hail-gyhoeddi ddwywaith yn yr 1940au. Mae'r argraffiad newydd hon mewn orgraff ddiwygiedig yn cyflwyno'r nofel o'r newydd i ddarllenwyr heddiw.

www.melinbapur.cymru

Dilynwch ni ar:

X (@melinbapur)
Facebook (@melinbapur)

www.ingramcontent.com/pod-product-compliance
Lightning Source LLC
Chambersburg PA
CBHW040540170726
48295CB00012B/532